JN026064

カナダの風

森園初音
MORIZONO HATSUNE

幻冬舎 MC

カナダの風

大阪府
橋本市
岩出市
紀の川市
九度山町
和歌山市
かつらぎ町
高野町
海南市
紀美野町
奈良県
有田市
有田川町
湯浅町
由良町
広川町
日高川町
日高町
北山村
美浜町
御坊市
日ノ御碕灯台
アメリカ村
印南町
田辺市
みなべ町
新宮市
上富田町
白浜町
古座川町
那智勝浦町
太地町
すさみ町
串本町

和歌山県地図

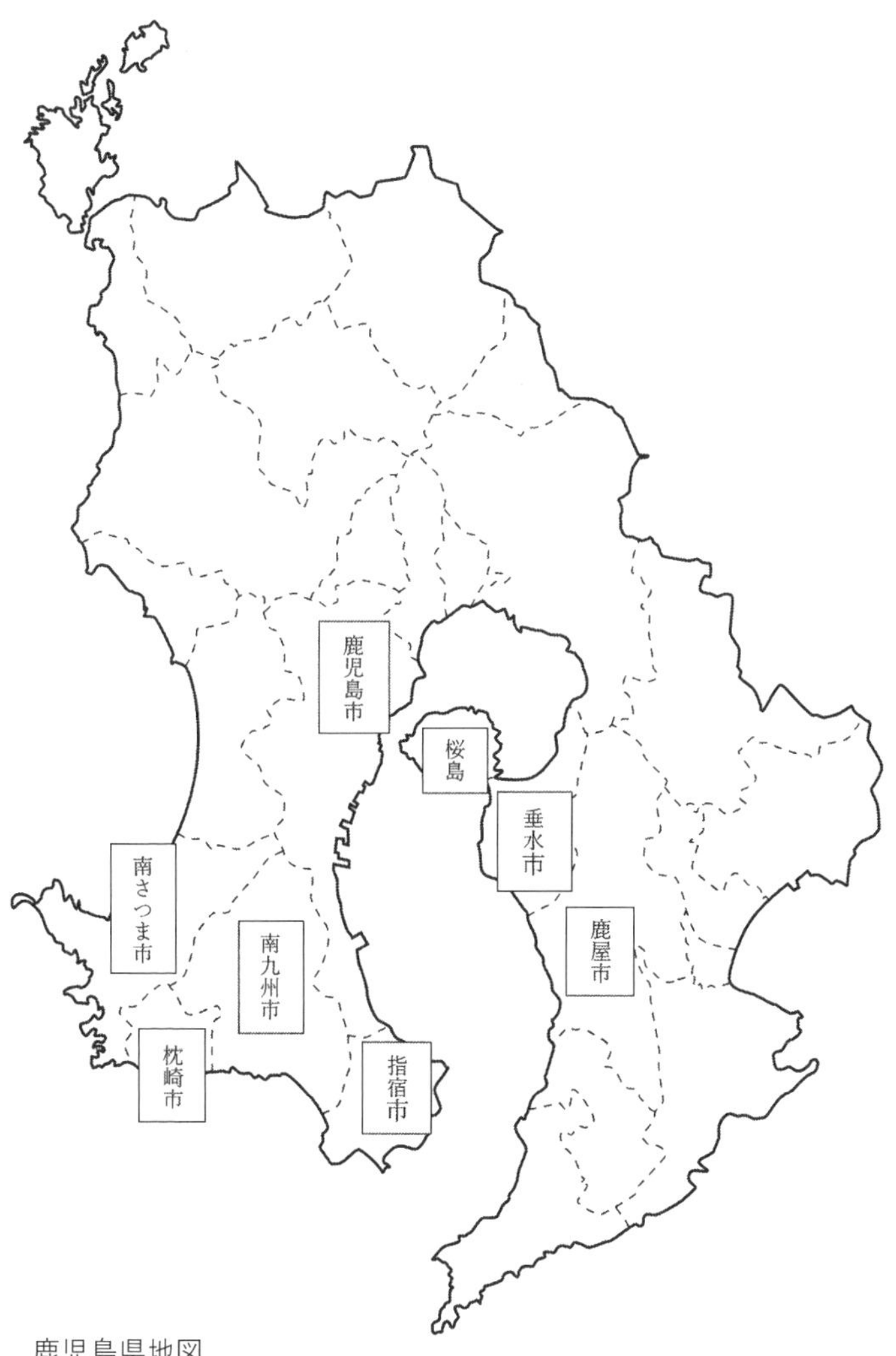

鹿児島県地図

カナダ西岸にあるリッチモンド市
ブリティッシュ・コロンビア州

リッチモンド地図

ライオンゲートブリッジ

スタンレーパークからノースバンクーバーへ向かう橋
昔の人は、このバラード海峡を通り、バンクーバー港に入港した

バンクーバーの町並みの向こう、遠くにカナディアンロッキーが見える

浜田家前庭

日本風ガーデン

トーテムポール

ノースバンクーバーのキャピラノサスペンションブリッジパーク内にある

スティーブストン博物館・郵便局

村上ハウス

船大工だった村上音吉氏の旧宅

モンクトンストリート
晃司が働いていた事務所周辺

スティーブストンフィッシャーマンズワーフのレストラン

スティーブストン漁港

スティーブストン漁民記念碑
ゲーリーポイントパーク

登場人物

紗季

晃司……………………紗季の夫

陽司……………………晃司の弟

林林太郎………………林家長男

林正雄…………………林家次男

林文江…………………正雄の妻

シェリー………………正雄の長女

ジュディ………………正雄の次女

パティシー……………正雄の三女

田畑市次………………田畑家長男

田畑ツタ………………市次の妻

田畑市郎………………市次の弟　養子

田畑シマ………………市郎の妻

深雪……………………市郎の長女

美智子　……………………　市郎の次女
克明　………………………　市郎の長男
逸郎　………………………　市郎の次男
純子　………………………　市郎の三女
浜田シュガー　……………　純子の夫　浜田家次男
髙﨑幸太郎
髙﨑幸助　…………………　幸太郎の長男
髙﨑幸則　…………………　幸助の次男
髙﨑久子　…………………　幸則の妻
久美子アイナ　……………　幸則の長女

小林シャーキー　…………　支店長
小林美弥子　………………　シャーキーの妻
田中孝雄
田中清子　…………………　孝雄の妻
田中弘之　…………………　孝雄の長男

JASRAC 出 2302992-301

目次

プロローグ

三十八年ほど前に夫の赴任に伴い住んでいたカナダのリッチモンド市。東向きのアパートの窓から見えるカナディアンロッキー山脈の残雪を今でも鮮やかに思い出す。漁師町であったスティーブストンにはたくさんの日系カナダ人が住んでいて、和気あいあいとした賑やかな町であった。

一世紀以上も前に移民としてカナダへ渡っていった日系人たち。いつも飄々（ひょうひょう）と楽しい話を聞かせてくれた人たち。彼らには戦前から戦中戦後へと長く差別された歴史があった。その彼らの悲哀に満ちた人生を、カナダと日本に引き裂かれた家族や極寒の地での肉体労働、抑留生活に耐え忍んだ日々を中心に語っていこうと思う。

この本をもう鬼籍に入られた多くの日系カナダ人、今も現役で活躍している日系カナダ人たちに捧げます。そして、これからカナダへ旅立とうとしている若者たちにも、カナダの歴史の一端を担っていた日系カナダ人たちのことを知ってほしいです。

第一章　桜舞う

卯月（うづき）の空が白々と明け始めた。自分が何か叫んでいる声で紗季は目覚めた。今見た夢は何だったのだろう。ぼんやりとした頭で夢を思い出そうとした。誰かの背中がスーッと靄の中に消えていく様子に思わず呼びとめようと右手を差し出して、声にならない声を出していた。

紗季は時々こうして寝言で叫ぶことがあり、夫の晃司や娘の真希に笑われる。

誰かに寝言を聞かれたのではないかと、そっと辺りを見回した。慣れぬ光景に目をぱちくりさせながら、ああ、ここは指宿（いぶすき）だったと思い出した。二日前から晃司と二人で泊まりに来ていたのだ。紗季はベッドの中で大きく伸びをして、両手両足を前後に倒したり、ぐるぐる回したりして、起き上がる前にいつもの軽い運動を済ませた。以前、朝早い電話に驚いて、慌てて立った途端に肉離れを起こしてから、朝は慎重に起きるようにしている。

晃司はまだ寝ているかもしれないと、足音を忍ばせて一階に下りた。晃司はリビングのテーブルの上でパソコンを広げ、もう仕事をしていた。

「お早う、よく眠れた？」

晃司がパソコンの画面から紗季に目を向けて言った。

「お早う、久しぶりによく眠れた。昨日砂蒸し温泉に入ったせいか、体中の血液がフル回転している気分よ。コーヒーでも淹れるわね」

休暇中でもよく働く人だと、紗季は半分呆れながら晃司に言った。

「紗季、カナダのお母さんが向こうの昼頃亡くなったと連絡が入ったよ。九十六歳だった。昨夜紗季が寝たあとにメールが入ったから起こさなかったよ」

「お母さんは、どこで、どうして亡くなったの？」

「ジュデイと康代さんとドライブに行って、日本食レストランで天ぷらやお寿司を食べている途中で、あっという間に亡くなったらしい。心臓が悪かったからね」

「エー、八日はお母さんの誕生会だったのに」

「近くにお医者さんもいたし、ジュデイは看護師だからすぐに手当てしたらしいけどね」

紗季はとっさに事態を受け止められず、ガラス戸越しに見える海を呆然と眺めた。雲間から一条の光が差し込んで、沖行く二艘（そう）の船を照らしていた。紗季は晃司に言った。

「さっきお母さんが会いに来た夢を見ていたわ」

ああ、あの夢で見た背中はお母さんの背中だったのだ。お別れを言いに、はるばる指宿まで訪ねてくれたのだ。お母さん、お母さんとうとう逝ってしまった。カナダのお父さんが迎えに来てくれたのね。あの光がきっとそう、お父さんの所に吸い込まれるように昇っていくお母さんの姿が目に見えるようだわ。紗季は光の帯を見つめながら声もたてずに静かな涙を流した。これでようやく二人一緒になれたのだと、悲しみと共に安堵した気持ちも広がった。お父さんが亡くなってから二十五年が過ぎていた。家族に囲まれて旅立つことができた二人は、きっと幸せだったに違いない。

四月八日はお母さんの九十七歳の誕生会の予定だった。各国で生活している子や孫、ひ孫たちが集まることになっていた。紗季たちも呼ばれていたので、もう飛行機のチケットは手配済みだった。

「すぐにカナダに飛ばなくてもいいの？」

「いや、すぐに葬儀ではないようだ」

日本と違って、カナダではすぐに通夜や葬式を行うわけではないらしい。八日の誕生会に皆が集まるので、内輪で最後のお別れをして荼毘（だび）に付すらしい。そしてその一週間後にお別れのセレモニーをすることに決まったと再度連絡が入った。すぐに動かなくてもいいとわかったので、簡単な朝食を終えると帰り支度を始めた。

カナダのお父さんお母さんの魂を肩に乗せて、小旅行に行く気分になった。

二人は予定通りに指宿のリゾートマンションを出発すると、高速に乗って知覧（ちらん）へ向かった。喜入（きいれ）のインターチェンジで高速を下り、知覧平和公園を目指した。公園が近づくと、全国から寄贈された灯篭が道の両側に立ち、その横に植えられた桜並木が、見事に満開だった。

ここにある特攻平和会館には、若くして散っていった特攻隊員の遺影や遺品・遺書がたくさん集められ展示されている。全特攻戦死者一〇三六人中、半数近くの四三九人が、ここ知覧基地から出撃していった。館内には、海中から引き揚げられた戦闘機の残骸、庭には映画の撮影に使われた戦闘機のレプリカが展示されている。多くの特攻隊員に「特攻の母」と呼ばれ慕われた富屋食堂（現ホタル館）の鳥濱トメさんを称えた石原慎太郎の歌碑が立っている。歌碑には、「短い青春を懸命に生き抜き散っていった特攻隊の若者たちが『お母さん』と呼んで慕った富屋食堂の女主人鳥濱トメさんは、折節にこの世に現れ人々を救う菩薩でした」と書かれてある。また、特攻隊が最後の晩を過ごしたであろう三角兵舎の見本が建てられていて中を見学できる。平和の釣鐘があり、参詣者が打つ鐘の音が時々庭に響き渡る。いつ来ても、心引き締まる場所である。

「こんな幼い顔をした若者が、日本を守ろうと帰りの燃料もないまま次々に飛び立って、南の空に散っていったのね」

特攻平和会館の中で写真を見ながら紗季が呟いた。そして戦争を体験することなく、今まで平和な世の中に生きてこられたことに感謝した。

従兄の亀太郎が特攻隊員だったという話を紗季は最近聞いたばかりだった。彼はその話を戦後生まれの末弟の孝太郎にすら、何も話さなかった。

関西に住む孝太郎が何かの会合に出席した時に珍しい苗字からか、

「もしかして鹿児島のご出身ですか？　亀太郎さんというお兄さんは居られないですか？」

と聞かれ、

「はい、私の兄ですが」

と答えたら、

「私は、亀太郎さんの乗っていた特攻機の整備士をしていました。一緒に全国を転々と回りました」

と言われ、孝太郎はびっくりしたそうだ。その人の話によると、特攻機一機に四名の整備士がついていて、各地の飛行場を回ったらしい。

亀太郎は、いがぐり頭でくるっと大きな目が印象的な、まだ十七歳になったばかりの特攻志願兵。明るく飄々として誰からも好かれた。

「こんな若い子が散っていくのはおかしい。何とか生き残ってほしい」

亀太郎を囲む整備士たちは、誰もが内心そう願っていた。皆の願いが通じたのか、出撃する機会がないまま終戦になったそうだ。

「兄貴は、俺に一度もそんな話をしたことはなかったよ。『俺は鹿児島から一歩も出たことがない』という話は聞いたことがあったけど、とんでもない、若い頃に全国をあちこち回っていたんだ。家に帰って兄貴に電話して聞いたら、『うん』と一言だった」

孝太郎が興奮気味に話すのを聞いて、あの柔和でとても愉快な性格の亀太郎の顔が浮かんだ。また、その裏には誰にも見せたことのない全く別の顔があったことを知った。

亀太郎が亡くなる前の晩、紗季は骨折した右手の手術を翌日に控えて同じ病院に入院中だった。お見舞いに顔を出すと、元気な声が返ってきたのでまだ大丈夫だと思っていた。

紗季が手術から目覚めると、亀太郎は紗季の手術中に亡くなっていた。まるで最後の命の一滴を紗季に注ぎ込んでくれたようで、紗季は四人部屋のベッドの上で声を殺して泣いた。きっと亀太郎は、先に逝ってしまった仲間たちに申し訳がなかったのかもしれない。自分だけが生き残ってしまったという申し訳なさで何も話せなかったのだ。そんな気持ちを誰にも語ることなく一生涯胸に秘めて逝ってしまったのだ。辛かっただろうなあと紗季は思った。

　亀太郎は定年後、老人ホームやいろんな施設にアコーデオン持参で慰問に行くのを楽しみにしていた。せめてもの罪滅ぼしのつもりだったのかもしれない。彼には何の罪もなかったのに。

　鹿児島から特攻機が飛び立ったのは、ここ知覧だけではなく、知覧から西へ一五キロメートルの加世田にある吹上浜近くの万世（ばんせい）空港がある。また大隅には、海軍の特攻隊として飛び立った鹿屋（かのや）空港がある。それぞれに万世特攻平和記念館、鹿屋航空基地資料館があり、知覧同様特攻隊員の写真や遺書などが展示されている。

　万世には吹上浜沖から引き揚げられた「零式三座水上偵察機」が展示されている。この機は、日本に一機だけ現存する重要航空遺産である。特攻機の燃料予備タンクは、機をできるだけ軽くして速く飛べるようにと、竹を編んで作られた篭を和紙で覆ったものだった。万世空港は戦争末期に知覧からだけでは間に合わなくなり、急ごしらえで造られた滑走路だ。四か月しか使用されず「まぼろしの特攻基地」と呼ばれている。

この万世の滑走路から、二五〇キログラムの爆弾を積んだ二人乗りの九九式襲撃機で、二〇一人もの二十歳前後の幼い顔をした若者が飛び立ち、南の海に散っていったのだ。

九九式襲撃機は、昭和十五年五月に採用された襲撃機だが、皇紀二六〇〇年の命名基準を考えていなかったので、前年の九九式と名付けられた。本来であれば百式と命名されるはずだった。「皇紀」とは、明治政府が、西暦紀元前六六〇年の神武天皇即位の年を元年と定めた日本独自の紀元で、昭和十五年は皇紀二六〇〇年である。

確かカナダの姉として慕う純子のお父さんは、万世出身だったなあと紗季は思った。家族の多い貧しい漁村や農村では、食べていくにも大変な世の中だった。カナダ移民の話に乗って一世紀以上前に、鹿児島からたくさんの人たちがカナダへ渡った。特に現在の指宿市や枕崎市、南九州市、南さつま市などから、カナダへ移民として渡った人たちが多かった。純子のお父さんもその一人だった。

「おい、ここにお義父さんが碑に残した言葉があるぞ」

晃司に言われて見てみると、

「一日生かば一日生命を　大君の御爲に尽くす、我が家の風」　北原弘次書

と、大きく達筆で書かれた文字があった。この文字を書いた青年は、いったいどんな思いで筆を取ったのだろう。もう二度と会えないかもしれない家族に残す言葉として、自分の最後の決意を書いたのだろうか。これを書くことで我が家の家風に恥じないようにと、心を奮い立たせたのだろうかと紗季は思った。

「ああ、お父さんはここに来てこの文字に出会い、とても感動したのね。だからお墓の横にあの碑を建てたのね」

と、紗季が言った。ただし、中身は少し違っている。父が遺した碑には、

「一日生かば一日を　人、世のために尽くす　我が家の家風(かぜ)」　正雄

となっている。残念なことに、父の建てたその碑はもうない。亡くなった義兄は脳梗塞を患ったあと片足に少しマヒが残り、姉のめぐみは緑内障でだんだん目が見えなくなった。将来ここまで墓参りには来られないだろうと、お墓を更地にして近くのお寺の納骨堂に移してしまったのだ。亡くなった紗季の母親も、あのお墓までは行けないからお寺に移して

と生前言っていた。桜島の降灰がひどくお墓が汚れるのが気になっていたのだろう。

晃司はせめてお墓と碑の拓本を残そうと、暮れの寒い時だったがお墓を壊す前に娘の真希に手伝わせて何枚か拓本を取った。それを表装して、姉二人にも同じものを作って渡したのである。

知覧平和公園での参拝を終え、近くの茶店で紫芋のソフトクリームを注文した。この紫芋が脚光を浴びるようになったのは何年前だろう。あまりに濃い紫なので一般には流通せず、家庭菜園のみで細々と生き延びてきた紫芋は、今やソフトクリームだけではなく、チップスや土産用の菓子の餡にも用いられている。栄養価が高く、色の珍しさもあって高価な食材になりつつある。

知覧から川辺の清水磨崖仏（きよみずまがいぶつ）が見られる清水岩屋公園へ向かった。公園入口までの道沿いの桜が満開で、まるで桜のトンネルをくぐっているようだ。駐車場からすぐに公園には入らずに左手の散歩道を万之瀬川（まのせがわ）の方へ歩いて行った。

万之瀬川沿いに高さ二〇メートル、幅四〇〇メートルに渡って大きな岩に彫られた磨崖仏を眺めることができる。平安時代から明治時代まで七百年にわたり彫られたもので、古いものは平家の落人（おちゅうど）が祖先の供養のために彫ったと伝えられている。

日本一の大五輪塔、月輪大梵字、十一面観音像など二〇〇基が確認されている。歴史的にも仏教的にも価値が高く、一九五九（昭和三十四）年に鹿児島県の史跡に指定された。

この古い大五輪塔は、仏教の考えである世界を創る五つの要素（地・水・火・風・空）の形を下から順に彫ったもので、それぞれに「ア、バン、ラン、カン、キャン」と梵字が彫られ、一つの経となっている。

落書きをする心無い人がいるためか、今では近くで見ることができず、川の反対側から写真を撮ることしかできないのが残念だ。

この磨崖仏を右手の対岸からゆっくり眺めながら川沿いの道を歩いた。桜の花びらを浮かべた川の中にある飛び石を渡ると、正面に金閣寺を模して造られた「桜の屋形」が見えてくる。

「お茶にしましょうか」

紗季は晃司を誘って茶店になっている桜の屋形に入った。梵字が浮かぶ抹茶ラテを頼んで、庭を眺めながら一息ついた。ここを訪ねた記念にと、桜の花びらを模した錫製の箸置きセットを求めた。

階段を上り二階の楼閣を一周巡ると眼下に満開の桜が広がり、まるで雲上人になったような気分だ。広々とした公園の芝生にはブルーシートがあちこちに敷かれ、花見客が場所を確保している。春休みなので昼近くになると、家族連れで賑わうのだろう。舞台が作られているので、何か催し物があるのかもしれない。

半世紀前は、この万之瀬川の辺りは、向かい側の磨崖仏がある所には川沿いに小さな遊歩道があったが、こちら側は鬱蒼とした森だった。森を拓き平らな公園にし、川べりも整備されて県内外から観光客が訪れるようになった。山手の方にはロッジが建てられ、キャンプ場もあるので、子供連れの家族や、学生・スポーツ少年団などが泊まりがけで楽しめるようになっている。

川には二連になったアーチ形の赤い平安橋がかかり、浅瀬で遊ぶ親子の姿が見える。万之瀬川には野崎川、麓川、永里川などの支流が合流し、やがて吹上浜まで流れていく。

公園の中ほどに、

「風と競ふ　歸郷のこころ　青稲田」

川辺町出身の俳人、福永耕二の句碑が立っている。福永耕二を偲んで、毎年南九州市かわなべ青の俳句大会が開かれている。県内外から小中高の生徒たちがたくさん応募して、十二月にこの公園で授賞式が行われている。

誰でも参加できるように桜の屋形に箱が設置されていたので、紗季たちも一句ずつ書いて投稿した。

「平安の世を謳歌せよ桜花」　晃司

「夫婦星見つめているや宵桜」　紗季

広い庭を巡り、青空をバックに桜の花をアップで撮っていると、はるか高く桜の向こう側に飛行機が白い一線の飛行機雲を残し、飛び去っていった。

外国で長く暮らす晃司にとって、日本で見る桜は何年ぶりだろう。

「いい所だ」

と晃司も久しぶりの桜に満足し、しきりにデジタルカメラで写真を撮っている。

きっとカナダのお父さん、お母さん、そして晃司や私の両親たちの魂も一緒に、この桜を眺め愛でているに違いないと紗季は思った。

「さあ、お昼は平川の海の駅に寄って、まぐろ丼でも食べましょうか」

「俺は、お刺身定食にしよう」

そう晃司が言った時、突然の春嵐に桜吹雪が舞った。風花を手のひらに受けるように舞い散る桜花と戯れる紗季の姿を、晃司は動画に収めた。

第二章　カナダ赴任

紗季と晃司が初めてカナダのお父さんお母さんに会ったのは、もう三十年以上前のことだ。スティーブストンにある漁網会社の支店に晃司が赴任したのは、一九八四（昭和五十九）年の夏だった。スティーブストンは、リッチモンド市にある日系人が多く住む漁師町だった。晃司は東京支社に勤務していたが、そこから、バンクーバーへ飛んだ。紗季は荷物を本社がある兵庫県の空き社宅に送って、鹿児島に一旦戻った。そして一か月後にカナダのアパートが決まると、鹿児島から成田経由でバンクーバーへ向かった。

晃司の父がカナダにもって行けと、段ボールいっぱいのイワシのさつま揚げをもたせてくれたが、八月末の三十八度を超える暑い日だったので、腐ってはもったいないと半分は実家に置いて、もう半分は羽田から成田まで見送りに来てくれた晃司の弟に分けた。弟の陽司は東京の大学を就職のために一年留年中で、就活中の忙しい合間を縫って会いに来てくれた。成田に着くと熱風が吹いているようだった。

「陽司さん、暑い中忙しいのにここまで見送ってもらってありがとう。就職頑張って、何かあったらいつでも連絡してね」

紗季は陽司に言った。

「姉さんも体に気を付けて、兄貴によろしく」

陽司は紗季が中学校の教育実習で教えた生徒だったので、小さい頃から知っていた。優秀だった陽司はどうしても東京の大学に行きたいと一浪して目指した大学に入ったが、生活が厳しくアルバイトに明け暮れたので就活が思うようにいかず、また一年卒業が遅れてしまった。今度こそ失敗は許されないと肝に銘じているようだった。

成田からの機内では、メキシコの大学で教鞭を執っている日本人男性と隣り合わせになった。バンクーバーで飛行機を乗り換えるらしい。機内食の和食は、見るからに弁当の見本のように着色を施したような感じで食欲が失せ、お腹は空いていたが少し箸を付けて終わった。隣の人に、

「小食（こしょく）ですね」

と笑われた。きっとこの人は海外生活が長くて「少食（しょうしょく）」という日本語を忘れたのに違いない。

バンクーバー国際空港に着くと、晃司と支店長のシャーキーが迎えに来ていた。暑い日本から着くと、バンクーバーの町は全体にクーラーが効いたように冷風が吹いている。紺のスカートに白の半袖シャツを着て、まるでちょっとそこに出掛けるような格好でサンダル履きで降り立った紗季は、足元から寒さを感じ、クールな風に思わず身が震えた。

支店長が気をきかせて、着るものがないのだろうと奥さんの美弥子を誘って買い物に連れて行ってくれた。サンダルでは寒いので靴を選んでレジに並ぶと、十四歳以下かと店の人に聞かれた。意味がわからずぽかんとしていると、美弥子がクスクス笑っている。カナダでは十四歳までの子供の衣料品には税金がかからないのだ。もう三十歳なのに、きっと母娘に間違われたのだろう。

「そうだと言っておけばタックス（税金）がかからなかったのに」

と美弥子があとで教えてくれた。

こうしてカナダでの生活が始まった。

紗季たちが住むリッチモンド市は碁盤の目のように大きな通りが東西南北に走っている。西海岸側から南北に、ナンバー1、ナンバー2、ナンバー3……と縦に大きな通りがある。東西へは北から順に、ウェストミンスターハイウェイ、グランヴィルアヴェニュー、ブランデルロード、フランシスロード、ウィリアムロード、スティーブストンハイウェイと大きな通りがある。地図を頭に叩き込み、住所さえわかれば道に迷うことはあまりない。

紗季たちの住まいは、ナンバー1とナンバー2の間にあるレイルウェイアヴェニューに面していた。フランシスロードで曲がると左手にある七階建てのアパートだった。東側に面していたので、ロッキー山脈が遠くに見えた。昔はこのレイルウェイアヴェニューに沿って線路があり、フレーザー川の近くまで電車が走っていたのだ。車社会になり利用者が減り廃（すた）れてしまったのだろう。

今はリッチモンド市の中心街からバンクーバーのウォーターフロント駅までは三分間隔で電車が走っており、四十分ほどで着くことができる（現在では二十五分で着く）。

スティーブストンハイウェイより南側のフレーザー川に面した地区は、昔から湿地帯であった。日系人が初めてカナダに来て住み始めたのはこの辺りだった。職住接近、船着き場や鮭の加工場の近くに住居があったのだ。そして次第に店やホテルなどを建てて、日系人街が広がっていった。

晃司が勤める支店は、リッチモンド市の一番西南にあるこの漁師町にあり、モンクトンストリートに面していた。昔ながらの日系人の店がずらりと並んでいる。すぐ裏側はフレーザー川に面していて、漁師たちの船が着いては魚を売っていた。

カナダでは鮭がたくさん獲れるので、鮭のさつま揚げを手作りしている。それぞれの日系人の家庭では薄紅色の美味しいさつま揚げを、お正月や大きな集まりには必ず手作りしている。そうとは知らず、父がもたせてくれた小骨が入った灰色のイワシのさつま揚げを支店長宅へもって行ったが、きっと口に合わなかったかもしれない。後で知り合うことになるカナダのお母さんにさつま揚げの作り方を教わり、その後いろいろな国に行っても、その国で獲れる魚のすり身でさつま揚げを作り続けている。

晃司の海外勤務は五か国目だが、カナダ人の英語は速くて聞き取りにくく、なかなか馴染めず苦労していた。高校の夜間に英語を教えるクラスがあると秘書に聞いて、二人で通うことにした。最初同じクラスに入ったが紗季にはレベルが高すぎたので、その下のクラスに移った。そのクラスには日本人の大学の先生と子連れの若い奥さんが二人いた。他にはインド・中国・フィリピンなどのアジア系や、ロシア・中南米からの移民の人たちが学びに来ていた。ユーモアのある、金髪のおかっぱ頭の先生は、面白おかしく英語を教えてくれた。

カナダの生活や英語に少し慣れた頃、歌が好きな晃司はシャーキーに、仏教会で毎週日曜日にあるカラオケクラブに誘われた。紗季も歌うのは好きなので二人で行くことになった。さぞや賑やかなことだろうと思って部屋に入ると、誰かがマイクを持って歌い、他の人はひたすらノートに書き物をしている。まるで何かの勉強会のようだ。その頃は今のようにテレビ画面に歌詞が流れて、それを見ながら歌うというところまではいっていなかった。カセットテープで曲を流すだけなので、皆ひたすら歌詞をノートに書いて、それを見ながら歌の練習をするのだ。六十代から上の日系カナダ人の世界がそこにあった。ほとんどの日系人は日本の歌は演歌のみと思っていたのか、紗季が赤い鳥の『竹田の子守唄』を歌うと、初めて演歌らしくない歌を聞いたのか、

「あれは演歌かいな?」

と首を傾げられた。

その夜初めて「カナダのお父さん、お母さん」と後で呼ぶようになる林夫妻に出会ったのだった。向かい側に座った二人は、何だか気難しそうな雰囲気で少し緊張したが、

「今度の木曜日に家に遊びに来なさい」

と気軽に誘われ、名前と住所、電話番号を書いた紙を手渡された。

木曜日の夕方に二人で訪ねると、林夫妻は娘と三人で暮らしていた。家に入るとすぐに

広いリビングで中を全部見渡せた。キッチンでは母娘が忙しそうに料理を作っていた。

「お腹空いただろう、食べてきな」

初対面の娘のジュディに誘われ、ご馳走になった。

お父さんが釣った紅鮭の大きな塊を蒸したものに、千切りのショウガをカリカリになるくらいまでたっぷりのゴマ油で炒めたものと、醤油、青ネギの刻んだものをかけた豪快な料理に舌鼓を打った。

「うまい！」

「美味しい！」

と晃司と紗季が感嘆の声を上げると、家族みんな優しい目で笑った。

日系三世のジュディは、日本語教育を受けていないのであまり日本語が得意ではなかったが、できるだけ日本語で話すようにしていた。ひらがなは読めるので、ひらがなで書いた歌詞を見ながら日本の歌を上手に歌えた。

お父さんの名前は正雄で紗季の父と同じ名前だった。娘四人に息子が一人いて、一番下の年の離れた娘の日本名が紗季と同じだったので益々親近感が湧いた。ジュディの日本名はひろみで、晃司の妹と同じ名前だった。それから毎週木曜日には夕食後に林の家に集まって、カラオケの練習に励んだ。週に一回はバンクーバーの町へ、お母さん、ジュデイ、後から友人になるひろ子たちと一緒にショッピングに出掛けた。

ジュデイは中国人の医師と結婚し二人の息子がいたが、離婚し実家に帰っていた。ジュデイの息子たちは父親と暮らしていたが、よくジュデイを訪ねていたので顔見知りになった。下の息子は十四歳でまだ母親が恋しかったのかもしれない。驚いたのは、ジュデイが妊娠中に、夫の浮気でできた同じ年の男の子が「グランパー、グランマー」と言って、一緒に遊びに来ていることだった。夫がその子を引き取り、幼い頃からジュデイが双子のように育てたので、自分にとっても祖父母だと勘違いしたのだろう。それを誰も咎(とが)めず大らかに受け入れている様子に、さすがカナダ、懐が深いと感銘してしまった。そう、生まれた子供は皆の宝なのだ。

カナダでは日本の文化が盛んで、日本舞踊や華道・剣道・柔道などを習っている人が多かった。二世・三世になると、ほとんど日本語は話せないのだが、日本の文化には熱心に参加して腕前もたいしたものだった。

紗季たちはカナダのお父さんが所属していた「河畔会」という俳句の会にも参加して、六十代の二世の方々と一緒に勉強した。戦時下の抑留生活中でも、長い冬の間外に出られない時には集まって俳句会をしていたらしい。この俳句会のメンバーは、ほとんどが漁師や庭師、その奥さんたちだった。ここの日系人たちは、日本の学校で学んだことがない人がほとんどだった。しかし俳句がとても上手で、またその表現がぴたりと俳句の心を表現していた。

一見学者タイプに見える漁師の酒井隼夫が河畔会の取りまとめ役で、いつも広幅用紙に全員の俳句を書き写して壁に広げて貼り、会を進行した。「お題」は順番で出すことになっていた。その日提出した俳句は翌週に発表された。濱手逸二は本業の漁師も立派にこなしながら、「黒兎」という号で日本へも俳句や短歌を投稿して本も出していた。

ひろ子に華道もあると誘われて、紗季は独身時代の続きを学ぶことができた。日本からの新しい移民の方が教えていた。また日本から講師も来訪し講習会も開かれ、ここでもらったお免状は英語で書かれていた。カナダのほうが日本にいる時よりも、日本的なことを学ぶ機会が多かった。

当時スティーブストンには、約二〇〇家族の日系漁民が住んでいた。鮭漁は資源保護政策のために、六月から十月までの週に二、三日しか操業できない。漁の開始時間、終了時間も決まっている。監視船が常時見張っていて、密漁をすると罰せられる。夏の鮭漁の時期だけを漁場で過ごし、一年分を稼ぐ。そして、漁ができない時期は国からの失業保険で暮らす。「一年を五十日で暮らす漁師たち」と言われる所以である。

ここの漁師の奥さん方は、缶詰工場やイクラ工場で加工の仕事をして働く。これも漁の盛んな時期だけの働きなので、漁のない時は失業保険が下りる。ただし、その夏の間はとにかく忙しく、朝早くから夜遅くまで新鮮な鮭がたくさん獲れるので、夫は船で妻は工場でがむしゃらに働くのだ。工場では真夜中の残業があり交代で働いた。夏場の忙しい時期を過ぎると、ほっと一息、夫婦でゆっくりできる。

漁師たちの中には、冬何もない時は製材業や船大工の仕事、庭仕事に精を出す人もいた。長い冬の間、奥さん方はどこかの家に集まっては、編み物などの手芸をしたりしながら、おしゃべりに花が咲いた。紗季もせっかくカナダに居るのだからと、夫婦おそろいのカウチンセーターを編んだ。大きな太い棒針でこれまた太い毛糸で編むので、進みは速い。袖と襟の取り付けが難しかったので、編み物が得意な方の家に行き、教わりながら仕上げを編んだ。

晃司の支店があるモンクトンストリートを歩いていると、よく日系カナダ人に出会った。

近くのカフェで朝一杯のコーヒーを飲みながら、今日は何をしようかと話すのが彼らの一日の始まりだった。日系一世や二世の彼らにとって、若いのに流暢な日本語を話す紗季たちはすぐに目につくらしい。

「どこから来たの？」

「何をしているの？」

と声を掛けられ、鹿児島県出身とわかると、鹿児島にルーツがある人たちは、

「うちに遊びに来なさい」

と、気軽に誘ってくれた。

その一人が兄と慕うようになる漁師のシュガーだった。シュガーの日本語名は「智（さとし）」なので、皆シュガーと呼ぶようになった。ルーツは愛媛県で、カナダで生まれて育った。奥さんの純子は鹿児島生まれで小学校卒業まで鹿児島で育ったので、英語も日本語も堪能だった。近くのゴルフ場で会員の世話をする仕事をしていた。すぐに親しくなり、よく行き来するようになった。

シュガーはとても働き者で、冬皆が休んでいる時でも北の漁場でエビ漁に励んでいた。クリスマスやお正月シーズンには欠かせない甘エビだ。バンクーバーの日本レストランへ

も卸していた。この甘エビをたっぷりのお湯で湯がき、冷たく濃い塩水に漬けると、真っ赤になった。長いひげが中心になるようにエビを円く並べて食卓に出すと、テーブルがいっぺんに華やかになる。

「サーモンのタレ」の作り方も教わった。三枚に下ろした鮭を縦に三センチ幅ほどの冊に切って、一〇%ほどの濃い塩水に三〇分漬けて水気を切って、それを一夜干しにするのだ。冷凍保存して一年中食べられる。六センチほどの長さに切って、バーベキューで焼くかフライパンで焼いて食べる。程よい塩加減で絶品である。

鮭の砂糖漬けも美味しい。切り身をたっぷりの砂糖で漬けこんで飴色になったものを冷凍保存する。食べる時は水に戻して砂糖を落としてオーブンで焼いて食べる。

鮭がたくさん釣れた時には自家製瓶詰も作っていた。紗季も一度習って作ってみたが、これは大変な作業であった。鮭を二枚に下ろし瓶に入る大きさに骨ごと冊に切って入れる。瓶は直径八センチで高さが一二センチと六センチの二種類あるので、大きい方には小さじ一杯の塩、小さい方には小さじ半分の塩を入れてシールする。これを缶詰専用の大きな圧力鍋に水を五センチほど入れて、瓶を八個ずつ二段に並べて入れて蓋をして火にかける。中の湯気を完全に出した後に蓋をして密封し、圧力が一〇ポンドになったら小さい方のストーブに移して、弱火で一〇ポンドを常に保ちながら一時間半炊く。火から下ろし、完全に圧力がゼロになるまでそのまま置いておく。この時によく注意しないと圧力がかかりすぎて鍋が爆発するので危ない。冷めてから蓋を開けて瓶を取りだす。骨も柔らかくなっているので、そのまま食べても美味しいし、石狩鍋のようにしてもいい。

赤黒い筋子はたっぷりの塩をまぶして、しばらく置く。それに熱湯をかけると皮がむけて中から綺麗なオレンジの卵がパラパラ飛び出してくる。ザルに上げて筋や皮を丁寧に取り除き水気を切って、熱湯消毒して乾燥させた瓶に入れる。だし汁・醤油・酒を一対一対一の割合で漬けこむと、寿司屋のイクラの味になる。好みで醤油を味噌に変えたり、ショウガを刻んで加えたりと、味に変化を付けてもいい。熱々の炊き立てご飯にのせるとイクラ丼の出来上がりだ。カナダで卵かけご飯と言ったらイクラ丼のことなのだ。

シュガーはインディアンとも仲が良く、インディアンしか採ることを許されていないコブカズを分けてもらったことがある。コブカズはニシンが昆布に卵を産み付けたものだ。これは、インディアンにとってはとても貴重な食料で、珍しいのでその頃はまだ日本ではほとんど知られていなかった。昆布の両面に一センチメートル厚さ程の卵が付いたコブカズをインディアンは乾燥させて一年中食べている。シュガーは生のコブカズを塩漬けにして冷凍保存していた。まず室温に戻して塩抜きし、適当な大きさの短冊に切り、醤油・みりん・酒・かつお節に漬けこんで食べた。日系カナダ人のお正月料理には欠かせない一品だ。

ニシンは肥料や油としてのみ利用されていたが、終戦後ニシンの卵である「数の子」を塩漬けにして日本へ輸出するようになると、ニシンの漁獲量は減っていて少なかったが、数の子のお蔭で売上高は大きく伸びていった。数の子を正月の特別料理として食べるのは日本人だけかもしれない。

カナダでは、いっぺんに獲れるニシンの頭と内臓を取り除いて、卵は数の子として塩漬け保存し、身は樽に塩漬けして各家が一年中保存しているのでよく頂いた。塩抜きして三枚に下ろし、甘酢で漬けたお寿司は絶品であった。ただし、調理法に気を付けないとひどい目に遭う。紗季は一度あたって嘔吐と下痢に苦しみ、晃司を起こして夜中に救急外来に連れて行ってもらった。腕に発疹が出て蕁麻疹だと言われた。ニシンの腹側の黒い部分を綺麗に取り除いて料理すれば大丈夫と聞いて、懲りずにまたお寿司を作って食べた。それほど美味しいのだ。

とにかく彼らはよく働き、魚がたくさん獲れた時に保存食を作り、様々な工夫をして長い冬の間でも食べられるように準備していた。

指宿出身の高﨑幸則夫婦にもお世話になった。幸則は漁師をしながら大工仕事も得意な人で、船を十隻も造った経験があった。彼の造る船はいつも工夫を重ね、新しいエンジンを取り入れた最新式なので、二、三年乗るとすぐに誰かが欲しがり売れるそうだ。

彼にカセットテープやビデオテープを入れるラックを作ってくれと設計図を描いて頼んだら、それはしっかりした立派なものを図面通り完璧に作ってくれた。今でも鹿児島の自宅で大事に使って重宝している。お正月に遊びにおいでと誘われて行ってみると、大量に作られた正月料理を次々に訪れるお客さんたちにふるまい、広いリビングや食卓に大勢の人が集まっていた。

こうして日系カナダ人が多く住むリッチモンド市で、彼らの世界にどっぷりと浸かったお陰で、移民当時から戦中戦後にかけての日系カナダ人の、長くて、辛く、苦しく、悲しい歴史を知ることになった。

第三章　カナダ国成立

カナダが一国家として成り立つまでには、長い苦難の歴史があった。

カナダは、ロシアに次いで二番目に広い九九八・五万平方キロメートル、日本の二十七倍という広大な面積をもつ国だ。領域には、北極海諸島をはじめ多くの島が含まれる。北極圏に入る北部のツンドラ地帯にはほとんど人は住んでおらず、住民の大部分は南部に集中している。

あまり知られていないが、カナダは意外と若い国だということである。

カナダの完全な独立は一九八二（昭和五十七）年。イギリス連邦の一員でありながら、独自の憲法を制定したことにより、名実ともに独立国家となった。イギリス女王を戴く立憲君主国になっているが、カナダ総督はカナダ人が就任し、イギリスとの関係は形式的なものになっている。ここでカナダ国成立までを遡（さかのぼ）ってみよう。

カナダの先住民であるカナダインディアンやイヌイット族は、ベーリング海が地続きであった四万年前の氷河期に、モンゴロイド（アジア系の黄色人種）がシベリアから北米大陸に移動してきた人々であった。アイヌ人、エスキモー人、カナダインディアン、イヌイット族などの顔つきが何となく似通っているのは、きっと遠い祖先に同じルーツをもつからかもしれない。ツンドラ地帯や森林地帯で狩猟をしながら、隔絶した世界でそれぞれの小さな部族ごとに、隠れ棲むように黙々と生き延びてきた稀少な人々であった。このモンゴロイド族は、南米へも流れて行き、アンデス文明を築いた。

一四九七年、イギリスのヘンリ七世の派遣でイタリアの探検家カボット・ジョバンニが、北西航路を経てインドを目指して出航した。彼は、カナダの東海岸であるノヴァスコシアに到達し、ヨーロッパ人として初めて北米大陸に上陸した。

スペイン女王イサベル一世の援助でイタリア生まれの探検家コロンブス（クリストバル・コロン）が、インドを目指して出航し、中・南米の島々を発見してから、五年後のことである。

まだ当時はヨーロッパの人々が誰も来ていなかった北米の島々の近辺は、良い漁場でタラがたくさん獲れた。この発見により、この海域にヨーロッパの各国から漁師が殺到して来た。

一五三四年、フランスのフランソワ一世がジャック・カルティィエを派遣し、セントローレンス川流域を探検させ、カルティィエがこの地を「カナダ」と名付けた。セントローレンス川流域に住んでいた先住民、イロコイ族たちが使っていた「カナタ」（村落の意味）に由来する言葉である。そして、フランスはこの地をフランス領とすると宣言した。

一六〇三年、フランスのアンリ四世の時にこの地を植民地とした。

一六〇八年、サミュエル・ド・シャンブランがセントローレンス川中流域に、「ケベック」を創設し、ヌーヴェル・フランス（新しいフランス）として、植民地の経営を開始した。

「ケベック」の由来は、この辺りに住んでいた先住民アルゴンキン族の言葉で「川が狭くなっているところ」を意味する。ダイアモンド岬と対岸のレヴィとが接近し、狭くなっている辺りをケベックと彼らは呼んでいた。ここを交易の場所と定め、この辺りで主にインディアンとの毛皮の交易を始めた。

その頃、ヨーロッパでは帽子の材料としてビーバーの毛皮が用いられていたので高値で売れた。お陰でビーバーが激減したが、今は保護されてその数は増えつつある。

アメリカ大陸に人類が渡って来たのは、一万五千年より前と言われている。そして瞬く間に南北アメリカに人類は広がっていった。コロンブスがアメリカ大陸を発見した当時、南北アメリカ大陸合わせて九〇〇〇万人ほどの先住民が住んでいたと推定されている。しかし、急激なヨーロッパの世界進出により、先住民の人口は、天然痘などの感染症や侵略戦争に巻き込まれて、激減してしまった。南米では最後の先住民国家であるインカ帝国の滅亡により、一万年以上続いたアンデス文明は終焉を迎えた。インカ帝国の当時の様子は、マチュピチュ遺跡などで知ることができる。

コロンブスはアメリカ大陸をインドだと思い込み、彼らをインディアンと呼んだが、今ではネイティブアメリカンと呼ばれている。

一六二〇年頃には、アメリカ大陸の人口は六〇万人にまで激減していた。ヨーロッパでも十八世紀までの百年間に天然痘などで六〇〇〇万人が亡くなったと推定されている。この頃は世界中が感染症との闘いであった。

「ＣＯＶＩＤ-19」で世界中が感染の危機に陥り、世界中の動きが滞っている現在、当時の人々の危機感や恐怖は想像できるかもしれない。当時はマスクや防護服なども無く、感染症を防ぐ手立ては無かったに違いない。ワクチンなどで予防もできずに、すべてが生きる希望を失い死に絶えていくばかりだっただろう。

一六四二年、フランスはモントリオールに拠点を作り、ルイ十四世の時に、王の直轄領とした。五大湖地方からミシシッピ川流域にまで植民地を広げ、ルイ十四世にちなんでルイジアナと命名した。

一方、十七世紀初頭イギリスはハドソンを派遣して、アジアへの道を探索させた。ハドソンはケベックを大きく迂回し北上したが、大きな湾に入り込んでしまった。この「ハドソン湾」と「ハドソン川」は彼の名前をとって名付けられた。彼はハドソン湾で、ハドソンベイ会社を作り、インディアンと毛皮の交易を始めた。西部へも進出していき、イギリスはフランスと競争するようになった。

十八世紀に入り、英仏の抗争が激化し、七年戦争（一七五六〜六三年）を経てイギリスが戦勝すると、フランスはカナダ側の大部分を放棄し、イギリスのカナダ植民地が成立した。

イギリス植民地議会は一七七四年にケベック法を制定し、ケベックに住むフランス系住民にフランス語の使用とフランス民法の適用を認め、今日に至っている。同じカナダでもケベックだけは英語が通じにくく、交通標識もフランス語で書かれてある。今日でもケベック州はストイックにフランス語を守り通し、カナダから独立して一国家になろうとする動きが時々見られるのは、こういう過去の苦難の歴史があるためである。

一七七五年、アメリカの独立戦争が勃発すると、独立に反対したロイヤリスト（王党派）が、イギリス領カナダへ多数移住してきた。

一七九一年、初めて「カナダ」という名前が、アメリカと一線を画して、この辺り一帯の正式名として使われた。

一七九三年、スコットランド人の探検家マッケンジーがロッキー山脈を越えて太平洋側への大陸横断に成功し、植民地は次第に西部へも拡大されていった。ロッキー山脈に源を発し、北極海に注ぐ全長四二四一キロメートルの「マッケンジー川」は彼が初めて探検したことに由来している。

一八六七年、イギリス議会が英領北アメリカ法を制定し、イギリスの海外領土で初めての自治領となり、カナダ連邦国家となった。

オタワに首都を置き、自治が認められた七月一日を独立記念日と制定し、「カナダデー」として祭日になった。国中がお祭り騒ぎになるが、外交権はまだ認められていなかった。

一八八〇年、ケベック州の作曲家カリサ・ラヴァレー作曲、ケベック州の判事アドルフ・バジル・ルーチェ卿がフランス語で作詞した『オー・カナダ』が、ケベックの建国記念日の式典で愛国歌として初めて公に歌われた。

一九一四〜一八年、カナダはイギリスの自治領なので第一次世界大戦に参加した。

一九三一年、ウェストミンスター憲章でようやくカナダはイギリスと対等な主権国家となり、独立した。しかし、イギリス国王を君主として仰いでいたため、総督はイギリス人であった。

一九三九〜四五年、英仏がドイツに宣戦布告したことにより、カナダは第二次世界大戦に参加した。

一九四一年、太平洋戦争が勃発し、カナダと日本は敵対国となった。

一九五二年、初めてカナダ人の総督ヴィンセント・マッセイが任命された。

一九六四年、イギリスの国旗「ユニオンジャック」に代わって、「赤いメイプルリーフ（大ぶりな楓の葉）」のカナダ国旗を正式なものとして決定した。

一九八〇年、『オー・カナダ』の英語訳が正式に選定され、国歌として法制化された。

一九八二年、カナダ国憲法が成立し、ようやく政体が安定した。カナダは名実ともに真の独立国家となったのである。

フランスやイギリスの植民地政策から始まったカナダ国は、英仏にとってはいつまでも植民地という意識から抜けだせなかった。そして、イギリスに長い間思うように操られていたのだ。やっとイギリスから完全に解放され、独自の憲法で国を治めることができるようになったのだ。それは、紗季たちがカナダを初めて訪れた、わずか二年前のことであった。テレビで流れるカナダの国歌『オー・カナダ』を紗季たちもよく耳にして口ずさんでいた。

当時のカナダ人にとって、ようやく自立できたという証しのような国歌を、誇りをもって歌っていたのに違いない。もちろん多くの苦難を乗り越えてきた日系カナダ人たちも。

O Canada!

O Canada!　Our home and native land!
True patriot love in all thy sons command.（二〇一八年 thy sons を of us に変更）
With glowing hearts we see thee rise,
The True North strong and free!
From far and wide,

O Canada, we stand on guard for thee.

オー・カナダ！

おお、カナダよ！　われらが故郷、われらが祖国！
汝の子すべての中に流れる　真の愛国心
輝ける心をもって　興隆する祖国を見守らん
真の北国　堅固にして自由なり！
遠く広くから、
おお、カナダよ　われらは汝を守りゆく

God keep our land glorious and free!
O Canada, we stand on guard for thee.
O Canada, we stand on guard for thee.

神よ、これからも　われらの大地を荘厳で自由に保ちたまえ

おお、カナダよ　われらは汝を守りゆく
おお、カナダよ　われらは汝を守りゆく

（カナダ大使館ウェブサイト訳より）

こうしてカナダは長い苦難の歴史を経て、晴れやかに一国家として飛び立つことができたのである。

現在カナダは、ブリティッシュ・コロンビア州（ビクトリア）、アルバータ州（エドモントン）、サスカチュワン州（レジャイナ）、マニトバ州（ウィニペグ）、オンタリオ州（トロント）、ケベック州（ケベック・シティ）、ニューブランズウィック州（フレデリクトン）、ノヴァスコシア州（ハリファックス）、プリンスエドワードアイランド州（シャーロットタウン）、ニューファンドランド・ラブラドル州（セント・ジョンズ）の十州と、ユーコン準州（ホワイトホース）、ノースウエスト準州（イエローナイフ）、ヌナブト準州（イカルイット）の三準州から成り立っている。（　）内は州都である。

カナダとアメリカの国境を越えた経験のある人は、気づかれた人が多いかもしれないが、カナダの人々は質素で静かで控え目な感じがあるのに対して、国境を越えた途端にアメリカの人々は陽気で賑やかであけっぴろげな感じがある。これも長い歴史が生みだした国民性の相違なのかもしれない。

第四章　日系カナダ移民第一号

日本からカナダへの移民の第一号は、一八七七（明治十）年ブリティッシュ・コロンビア州のフレーザー川を遡った南西部にあるニューウェストミンスターに、長崎県島原市出身の水夫、永野万蔵がイギリス船に乗り密入国したことに始まると言われている。

万蔵の故郷島原は、一六三七年に起きた「島原の乱」で有名である。江戸幕府のキリシタン弾圧に対し、天草四郎時貞を首領に農民軍が蜂起し原城に立てこもった。幕府の大軍により陥落し、皆殺しになった所である。それ以来、幕府の禁教策はいっそう強まり鎖国令が次々に出され、一八五三年のペリー来航まで二百余年も日本の鎖国が続いたのであった。そして、長崎の出島を通じてのみ中国・朝鮮・オランダだけと貿易ができ、それ以外の国との貿易を禁止した。海外への渡航も海外からの自由な来日もできなくなった。

島原にある口之津港は昔から外国船が嵐を避けて寄港できる天然の良港だった。幕末に日本が開国すると口之津港は石炭の積荷港になり、海外からの大型船が寄港しては石炭を積み込んで船出していった。三池炭鉱などから運び込まれた石炭のお蔭で口之津は繁盛したので、後に石炭のことを「黒ダイヤ」と呼ぶようになった。

石炭を運ぶ人夫が不足したことから、鹿児島の与論島から集団移民で口之津に移って来た人たちがいた。台風などの災害で作物がやられ、食べるものがなくなった人たちだった。与論長屋に住み込んで、冬でも芭蕉布で縫った着物だけで、寒い中でも石炭を運ぶ仕事に精を出していた。

万蔵はこの口之津で生まれ育った。知り合いの兄貴のような人から、外国船に乗って仕事をすると給金も高いし、唐（中国）や天竺（インド）などの珍しい国を見て回れるぞ、と聞かされて育ち、いつか大きくなったら自分もそんな大きな船に乗って外国に行こうと決めていた。船の修理の手伝いや、漁に出る人の船に乗って漁の手伝いをしながら成長していった。港近くで成長した万蔵は少し英語が話せたので、水夫としてイギリス船に船員の見習いとして雇われ乗り込むことになった。両親は、

「万蔵ももう一人前たい、自分の夢をはたさんばね。お金を貯めていつかは嫁さんをもらわんといかんしね」

そう言って送り出してくれた。万蔵が十八歳の時であった。

船は煙突から黒い煙をモクモクと吐きながら口之津港を出航した。万蔵は船の中で石炭をくべる仕事に専念していたので、港に見送りに来ていた親に手を振ることもできなかった。船は中国・インドを経由しハワイを目指して南下した。大海原に船が出て行くと、ようやく大きな船から、小さくなっていく日本の島々を見ることができた。万蔵はまだ見ぬ外国にいよいよ行けるのだと胸が高鳴った。船は、口之津港とは比べようもないほど立派な大きな港々に寄港しながら進んだ。外国の港には見たこともないような、大きな船がたくさん停泊していた。

何かのついでに船底に行った時に、万蔵は檻に入れられた若い娘たちを見つけた。何回か見るうちに話しかけられ、日本人だとわかりびっくりした。

「なんばしてこげんな檻に入れられとるんか、何か悪かことばしたんか」

万蔵が聞くと、貧しい家庭で育った娘たちが、家のために遠くの国に出稼ぎに行くのだという。島原や天草地方の貧しい寒村からの十三歳から十八歳くらいの子供たちだった。「おっ父、おっ母」と泣いてばかりいる、まだ幼い顔をした七歳くらいの小さな子もいた。両親が病気で亡くなり、六歳上の姉と一緒に連れてこられたのだった。

外国の港に着くと、一人一人、大勢の人前に立たされ、

「五〇ドル、五〇ドル、若い子だよ、五〇ドルでどうだ」

と、まるで品物のように売られていく諦めきった様子の娘たちを目にし、万蔵はどうにかしてお金を稼いで、こういう生活のために売られていく貧しく若い娘たちを救いたいと思った。

この「からゆきさん」と呼ばれる日本の若い娘たちは、女衒（ぜげん）と呼ばれる斡旋業者に、ホテルなどで働くと儲かるからと騙されて各国の港々の娼館に売り飛ばされた。多額の借金を背負わされ日本に帰る道も閉ざされて、寄港した香港、ベトナム、マレーシア、インドネシア、シンガポールなどの港で売られていった。遠くは、シベリアやアフリカのモーリシャス、タンザニアのザンジバルの奴隷市場まで売り飛ばされた人たちもいた。その多くは慣れない暑い気候の国で、マラリアなどの風土病や性病などに罹かり、悲嘆の挙句（あげく）に自殺する子もいて、平均寿命は二十歳ぐらいだったという。字もよく書けないそんな娘たちからのわずかな仕送りが滞りがちになると、ああどうしたのだろう、何か病気にでもなったのだろうかと親たちは案じた。その仕送りが途絶えてしまったら、もう亡くなったのかもしれないと諦めるしかなかった。

まだ若かった「からゆきさん」たちは現地語の習得が速く、中には太平洋戦争中まで生き延び、年老いた「からゆきさん」として日本軍の通訳をした人もいたという。

当時の戦費を賄うために、貧しい農家や漁村の人々は重税に喘いでいた。「からゆきさん」たちは、そんな家庭の犠牲となり、体で稼いだお金を日本の家族へ細々と仕送りをして、日本経済の一端を担った辛く悲しい人たちだった。

万蔵はハワイまでの一航海を終えるとまた日本に戻る予定だった。しかし彼は別な船に乗り換え、ハワイからシアトル、そしてカナダまでやってきた。まだ見たこともないアメリカ大陸にようやくたどり着いた。万蔵は、船の過酷な労働に辟易しており、また船に乗ってあの大海の荒波に乗り出す勇気が萎えてしまっていた。

万蔵は最後の給金をもらうと、誰にも内緒でこっそりと船から降り、一度行ったことのあるレストランに頼み込んで住み込みで皿洗いを始めた。裏方の仕事だったが、イギリス船で聞いていた英語とは少し違うカナダの英語にだんだん慣れていった。

「このまま皿洗いばかりしても、ちっとも儲からん。一緒に鮭漁に出ないか」

ある日万蔵は、一緒に皿洗いをしていたイタリア人の移民マルコに誘われて、小さな船に乗りフレーザー川で鮭漁を始めた。幼い頃から父親の手伝いで漁をしていた万蔵は、漁場を探すのがうまかった。鮭漁をする人が少なかったので面白いように鮭が釣れた。鮭漁がない時期には、港の人夫として木材を運ぶ仕事をした。カナダ人に比べれば体の小さな万蔵だったが、力は人一倍強かった。重たい木材を「よいしょっ」と運ぶ姿に、カナダ人たちは驚いた。

毎日が刺激的で無我夢中で働くうちに、あっという間に十年が過ぎていた。

万蔵が二十九歳の時、カナダ大陸横断の鉄道工事のために、中国からの労働者を集めに行く仕事があり、船に乗り中国へ向かった。万蔵が乗り込んだ船は、中国で労働者たちを乗せると帰りの石炭を積み込むために故郷の口之津港に寄港した。

十一年ぶりにカナダから帰ってきた万蔵に、

「よう無事に帰って来たのう、すっかり大人の顔になったばい」

と両親は肩を叩いて喜んだ。万蔵は年老いた両親や弟妹のために大きな家を建てようと、昔から知り合いの大工に頼み手はずを整えた。後に万蔵が建てた家は割烹旅館になって大いに繁盛した。

「万蔵がえらい羽振りがよくなって帰って来たぞ。外国で働くと儲かるばい」

どこからか噂を聞いて、口之津の人々は万蔵に外国の話をいろいろ聞きに来た。万蔵はカナダの鮭漁の話をして「儲かるぞ」と言うと、一緒に行きたいという若者が現れ、何人か連れて行くことになった。彼らは旅費を出せなかったので、船員見習いとして釜炊きなどをしながらカナダまでの長い航海を精出して働いた。そしてやっとカナダにたどり着いた。

一八八五（明治十八）年に、中国からの出稼ぎ労働者を低賃金で多数酷使して、ようやくＣＰＲ「カナディアンパシフィックレールウェイ（カナダ太平洋鉄道）」が完成した。大西洋から太平洋までカナダ大陸を汽車で横断できるようになると、人々の動きはいっそう活発になっていった。

万蔵が日本からカナダへ戻ったのは、そういう時期だった。連れて行った若者たちは、その頃鮭漁が盛んになりつつあったので、すぐに働く場所を見つけることができた。

万蔵はカナダへ戻るとアメリカのシアトルで小さなタバコ屋を開き商売を始めた。シアトルには日本人が次第に増えつつあった。レストランを開店し順調に商売を広げていった。

一八九二（明治二十五）年、カナダに戻り、ビクトリア州の州都ビクトリアで商売を始めた。

翌年ツヤと結婚し娘のハルが生まれるが、ツヤはハルの出産と共に亡くなり、ハルも後を追うように六日後に亡くなった。万蔵の悲しみは大きかったが、いつまでもくよくよしてはいられなかった。悲しみを紛らわそうと、益々商売にのめり込んでいった。

後に万蔵はサヨと再婚し、長男ジョージ辰夫、次男フランク照夫が生まれた。

万蔵は次々に手広く事業を展開し、日本人の先駆けとして生計を立てていった。何といっても一番大きな商売は、塩鮭を生産・加工して日本への輸出に成功したことだった。

バンクーバーの大通り沿いに、ホテルや三階建ての永野商会ビルを建て、日本人クラブを作り日本人の利益を守ろうと奔走した。

しかし、その頃にカナダでは次第に増えるアジア人（日本・中国・インドなど）を恐れ、アジア人を排斥しようと暴動が起きた。

一九一四（大正三）年に第一次世界大戦が始まり四年にわたって長引くと、世界中の景気が悪くなっていった。次第に鮭漁も低迷し、以前の勢いがなくなっていった。よく売れていた日本の掛け軸や壺・花器などの美術品も、売れ行きが悪くなり商売に陰りが見えてきた。

一九二二（大正十一）年、万蔵が結核に斃（たお）れ病院で療養中に、自慢のビルが火災に遭い、日本からの美術品や現金がすべて灰になってしまった。

全財産を失った万蔵は、駆け付けた息子たちに後を託し、失意のうちにサヨを伴い日本に帰国した。口之津町の人々は、そういう万蔵を温かく迎えてくれた。しかし、長崎での療養も功を奏さず、一九二四（大正十三）年、「サーモン・キング」「カナダ大尽」と呼ばれた永野万蔵は、七十歳でその数奇な人生に幕を閉じた。

万蔵が最期を迎えた病室の窓から、太陽に照らされた春の海がキラキラ輝いて見えた。視力の落ちた万蔵の目には、それが川を遡る鮭の大群に見えたのだろう。右手を差し伸べて、

「おーい、鮭だ、鮭が来たぞー」

と叫んだ。それが万蔵の最後の言葉だった。

一九七七（昭和五十二）年、カナダ各地で日系カナダ百年祭が行われた。カナダ政府地図委員会は日加友好のために、日系カナダ移民第一号の万蔵に敬意を払い、万蔵が住んでいたロッキー山脈のオウェキノ湖の近くの二〇〇〇メートルを超える山に、『マウント・ナガノマンゾウ（永野万蔵山）』と名付けた。

二〇一八（平成三十）年に活躍した、遅咲きのフィギュアスケートの新星と言われるカナダのキーガン・メッシング選手は、万蔵の玄孫（やしゃご）に当たる。キーガン選手の活躍で日系カナダ移民第一号となった永野万蔵の働きに再びスポットが当たり、注目された。

第五章　三尾村（アメリカ村）

永野万蔵が活躍していた当時、日本からはハワイ経由でカナダへ渡っていたが、一八八七（明治二十）年に横浜・バンクーバー間の太平洋航路が就航すると、カナダへの移民が次第に増えていった。それは、カナダ政府が日本からの移民を制限するまで五十年ほど続いた。

一八八八（明治二十一）年八月、アビシニア号で工野儀兵衛（くのぎへい）が、和歌山県の半農半漁の寒村地三尾村（現日高郡美浜町）から大工の棟梁としてカナダへ渡った。鑿（のみ）、金槌、木槌、のこぎり、カンナなど、いつも使いこんでいた大工道具一式をもって旅立った。儀兵衛は、その頃すでに来ていた十五人ほどの日本人にいろいろと教えてもらいながら、林業や大工の仕事をして働いた。日本とカナダでは建築方法も家のスケールも全然違っていた。最初は戸惑ったが、カナダ式の丸太小屋作りに慣れてくると、思ったより簡単に誰でも家を作れるなあと思った。

ある日フレーザー川が赤くなるほどの大群の鮭が産卵のために遡ってくるのを見た儀兵衛は、

「これは凄い、日本から人を呼んで皆で漁をしたら絶対に儲かる」

と、三尾村に移民を呼びかけたところ、三尾村からは毎年数十人の移民者がカナダへ渡って来るようになった。そして、フレーザー川沿いのスティーブストンの町に住みついて漁業をする人が増えていった。

狭い田畑と少ない漁場しかなかった貧しい三尾村は、カナダへ渡っていった人たちからの仕送りで次第に豊かになっていった。三尾出身のカナダ移民の数は年々増え続け、一九四〇（昭和十五年）頃には二〇〇〇余人に達し、カナダの日系移民社会の一大勢力となった。

「三尾を制する者は、スティーブストンを制す！」

と言われたほど、三尾出身者の数は多かった。

最初の三尾村からの移民者だった工野儀兵衛は、後に「カナダ移民の父」と呼ばれるようになった。

三尾村にルーツを持つ人たちは、その集まりを大切にし、

「ミーラ　三尾の出身は……」

というふうに昔の話が始まる。

カナダへの出稼ぎを終え、老後はゆっくり日本で過ごそうと三尾村へ帰国した者たちが、カナダ風のロッジをあちこちに建てたことから、三尾村はアメリカ村と呼ばれるようになった。実際にはカナダへの移民者たちだが、アメリカ大陸からの帰還者ということで、アメリカ村と呼ばれた。今でもカナダと三尾村の交流は続いており、三尾村にルーツがある日系カナダ人は五〇〇〇人を超えている。

カナダのお父さんの一家である林家もその中に交じっていた。林家は長男の林太郎(りんたろう)が生まれて間もなく、カナダへ渡った。

晃司と紗季は、和歌山で友人の結婚式に参列した時に美浜町に寄り、日の岬パークのカナダ資料館を訪れた。ここでは日系カナダ人の歴史などを知ることができる。カナダへ渡っていった人たちの古い写真が大きく掲げてあったので、その写真を撮ってカナダ再訪の折に正雄に見せたところ、

「ここに居るのが、私だよ」

と一番前の真ん中に立っている小さな男の子を指したので、びっくりした。正雄が五歳の

頃にカナダで撮った写真だった。

当時は先に移民した人の家族の呼び寄せや、写真だけのお見合い結婚のために、次々と日本人がカナダへ渡っていった。

カナダ資料館は、二〇一五年二月に管理をしていた日の岬国民宿舎の閉鎖とともに休館したが、二〇一八年七月に三尾地区の古民家に移転して「カナダミュージアム」として再開されている。

日系移民は、そのほとんどがバンクーバー島にある州都ビクトリアやフレーザー川沿いで漁師や林業・農業などをして生計を立てていた。特に和歌山・滋賀・広島・福岡・鹿児島などから先に渡っていた人のつてで家族を引き連れて移住する人が増えていき、村を挙げて集団移住する人たちもいた。ハワイからの日系移民も交じっていた。

この頃には、中国系・インド系の移民の人たちもすでに住んでいて生活の基盤を築き、中華街やインド通りと呼ばれる地区ができていった。しかし、移民当初はアジア人に対する差別や過酷な労働に喘ぎ、言葉の壁もあり生活は楽ではなかった。

リッチモンド市のフレーザー川河口近くのスティーブストン通りや、バンクーバー市のバラード入り江の港近くにあるパウエル通り沿いに日本人街ができていった。日本人は現地の学校に子供を通わすことができなかったので、日本人学校が建てられた。そして、仏教会、日本語の新聞社、日本食の店、日本の下宿屋など次々に増えていった。

一方、日本人移民の増加に伴いカナダ人が職を失うと、カナダ国内では次第に反日感情が高まっていった。一九〇七（明治四十）年に、アジア人排斥のための暴動が起き、多くのアジア系の店が窓を割られたりして大きな被害が出た。日本人は次々に家族が到着し増えていくので、益々危機感を抱かせてしまったのだ。

そして、日本からの移民の規制が次第に厳しくなっていった。先に渡っていた人たちの家族や結婚のために渡る人たちだけに限られて、新しく渡ることはできなくなった。一九二八（昭和三）年頃にはカナダへの移民は難しくなっていった。

一九一四（大正三）年に第一次世界大戦が勃発すると、カナダはイギリスの自治領なので、戦争に参加することになった。

十月十日、日系カナダ人から時の日本の首相大隈重信宛に、

「イギリス国旗の下でカナダ人として戦うこと許可してほしい」

との書簡が電報で送られた。しかし日本からは何も返答がないまま時が過ぎていった。カナダのロバート・ボーデン首相へも同じように、カナダ人として戦いたいと書簡を電報で

送ったが、こちらからも何も返事がなかった。

一年後にようやく、「戦費は自分たちで賄うこと」という条件下で、戦争への参加が認められた。日系カナダ人の中から義勇兵に志願する若者が二〇〇人を超えた。そしてその戦費は、日本人会の寄付で賄われたのであった。武器を集め、自主訓練をし、実戦で戦うようになったのは、一九一六（大正五）年の五月であった。七〇カ国以上が巻き込まれ、兵士一〇〇〇万人、民間人七〇〇万人以上が亡くなった第一次世界大戦は、一九一八（大正七）年にようやく終わった。

立派に戦った日系カナダ人の義勇兵のうち、五十四人が命を落とした。

鹿児島県出身の久保田才之助、久保田善之丞、山崎愛徳（あいとく）らも戦争に参加した。入来（いりき）出身の山崎愛徳は、後に純子の姉美智子が結婚した山崎愛昌（よしあき）の父親である。

一九〇四（明治三十七）年に長峰元子が会長になり、日本婦人会が設立された。

一九〇七（明治四十）年には、婦人会のメンバーは一七〇人を超えた。そのメンバーが白人のグループや赤十字社と協力して戦地へ送る服や下着、寝間着などを手作りした。

この婦人会は日本から次々にカナダへ渡って来る移民の人たちを支えた。お蔭で言葉も通じず、初めての外国生活に不安を抱いていた日本からの移民の人たちは、スムーズにカナダの生活になじむことができた。

当時の日本婦人会の写真には、長いドレスに羽根飾りや造花をあしらった帽子をかぶり洋装をした女性たちが、きちんと正装した子供たちと一緒に写っている。貧しい中にも身なりを正し、カナダ人らしく生きていくための覚悟を感じることができる。

その頃の日系人は、まだカナダの参政権を認められていなかった。カナダ人として戦った義勇兵でさえ、参政権を得たのは第一次大戦後十三年も経った一九三一（昭和六）年だった。ウェストミンスター憲章でカナダがやっとイギリスから独立できた年だった。それまでは、すべてイギリスにお伺いを立てなければならなかったので、アジア人には参政権が認められていなかったのだ。また、その頃になるとアジア人の労働力がなければ、カナダは立ち行かなくなっていた。

やっと参政権を得ることができた一部の日本人の働きで、少しずつ日系カナダ人の立場や権利が保障されるようになった。土地を買い、家を建てて家族と共に生活の基盤ができていった。子供たちは日本人学校に通いながら英語の勉強を始めた。外では誰とでも遊ぶので、子供たちはすぐに英語を話せるようになり、親に代わって通訳をしながら買い物や商売などの手伝いをするようになった。

正雄たちは、地元の学校に行けなかったので日本人学校に通いながら両親の手伝いに明け暮れた。正雄は剣道師範の腕前で字は達筆、俳句はうまい、カラオケで演歌を上手に歌うなど、日本のお父さん顔負けの日本人以上に日本人らしい、男の中の男という感じだった。

林のお母さんの文江は広島がルーツで淀川家の出身だった。父吉太郎、母市乃の長女として一九一九（大正八）年にカナダで生まれた。文江の結婚前の写真を見せてもらったが、ずらりと並んだ美人六人姉妹の一番背の高い長女が文江だった。林家の次男だった正雄は、文江と結婚すれば六人姉妹の頂点に立てると思ったそうだ。もちろん、結婚後もずっと淀川家では、皆の頼りになる兄貴的な存在であった。文江は当時メガネをかけていたので、「メガネの君へとラブレターを書いて、お母さんを口説き落としたのさ」と正雄が写真を眺めながら懐かしそうに語った。文江が十七歳の時に二人は出会い、十八歳で婚約。一九三八（昭和十三）年に十九歳で結婚、二十歳で長女のシェリーが誕生した。翌年次女ジュデイが誕生し、幸せを絵に描いたような新婚生活だった。

林家の長兄の林太郎は日系カナダ人なら誰でも知っている有名な方で『黒潮の涯に』という本を一九七四（昭和四十九）年に日本で出版した。戦争中に日系カナダ人が味わった苦難を書いたものである。その中に書かれていた、日系人のもっていたピアノは贅沢品だと海に沈められた話が何故か今でも印象に残っている。沈められたピアノも悲しいが、そのもち主の家族もどんなに心を痛めただろう。泣き叫ぶ幼い娘の様子が手に取るように目の前に浮かんだ。

その本を借りに家に伺った時に控えめな奥様がお茶を出してくださった。正雄と同じく有名な剣術使いだった林太郎は、飄々としてこう語った。

「わしは剣術使いだから、お金は使うばかりじゃ、わははは」

その頃まだ日本でも一般に普及していなかった高価なワープロを日本から取り寄せて、試行錯誤しながら自分なりに駆使していろんなものを書いていた。

「説明書に『カーソルを』とか書いてあっても、カーソルが何のことだかさっぱりわからないから最初からつまずいたよ。辞書にも載ってないからなあ」

と言って笑った。ワープロやパソコンに使われる新しい用語は、その頃の古い辞書には掲載されていないのだから相当苦労されただろう。

紗季たちがワープロを購入したのは、それから四年くらい後のことだ。その五年後には急速にパソコンが普及し、ワープロはすぐに使われなくなった。林太郎の、老いて益々好奇心旺盛、新しい物に挑戦する姿にいい刺激を受けたのは確かである。

紗季がカナダから帰国して、印刷会社でワープロを使って原稿を打つ仕事に就いたのは、林太郎の影響かもしれない。その頃の印刷会社のワープロは昔のタイプライターと違い、あいうえお順に並べられた文字盤の文字をボールペンのようなものでタッチするだけでよかった。読み方がわかれば探すのは簡単だった。ワープロに無い文字は写植で作るようになっていた。

晃司が働く会社の支店長シャーキーもルーツは三尾出身で、奥さんの美也子は戦後三尾村から嫁いできた。

「三尾村に集団見合いに行った時に、笑顔が可愛い子がいてね、ああこの子にしようとすぐに決めたのさ」

シャーキーは馴れ初めをそんなふうに語った。シャーキーは頼まれたら嫌と言えない性格で、大きな同窓会の幹事を務め、その会が無事に終わった後に心臓の発作で亡くなった。元々心臓の病があり、あまり無理するなと周りから言われていた。長年住み慣れた自宅を息子一家に譲り、フレーザー川沿いの高層アパートに移り住んで間もなくのことだった。今でもカナダを訪れた時には必ず挨拶して、線香を上げている。一人暮らしになった美也子の笑顔は、美しい白髪になっても変わらず可愛かった。

また一九七〇年代にカナダへ渡ったニュー移民世代のひろ子は、成人式を終えると学校の先生の紹介でカナダに嫁いできた。背がスラリと高くおしとやかな日本女性といった風情（ふぜい）のひろ子は、歌もうまかった。男女二人の子を授かり、夏場はイクラ工場で働いていた。二世・三世の時代になっても三尾出身者はやはり三尾から嫁をもらう人が多かった。

紗季がカナダに住んでいた頃はまだ鮭漁が盛んだったので、ニュー移民世代も缶詰工場やイクラ工場で、多くの日系人の奥さん方が働いていた。夏場に二〜三か月働くと冬の間は失業保険がもらえるのが魅力だった。

英語があまり得意でない日系一・二世の人たちは、紗季たちと話すほうが自分の子供や孫たちと拙（つたな）い英語で話すより楽しそうだった。彼らと話していると時々耳慣れない古い日本語が飛び出すことがあった。

プールを「水錬所」、映画を「幻灯」「活動写真」と呼んだ時には、思わず吹き出してしまった。「私」は「ミー」、「あなた」は「ユー」と言う。「私たち」は「ミーラ」で「あなたたち」は「ユーラ」である。

「ミーラ、そんなことネバー（never）せんよ（私たちはそんなこと決してしないよ）」

と日英が交ざった言葉になっていた。それに慣れてしまうと、つい紗季たちも「ミーラ」「ユーラ」と言ってしまうことがあった。

「同じ演歌ばっかり歌っていると、たってくるなあ」

この「たってくる」は、三尾弁で「飽きてくる」という意味だ。

二世・三世の人たちは、日本語を理解し話せる人が多いのだが、アクセントや言い回しが現代と違いとても古いので日本語を話すのを恥ずかしがって、英語しか話さなくなってしまったようだ。だから益々日本語が遠ざかってしまい、とうとう話せなくなってしまうのだろう。でも親との会話のやりとりが英語と日本語で通じているところを見ると、聞いて理解することはできるようだ。

晃司たちが参加しているサンデーカラオケクラブは、年に一回大きなカラオケ大会を開き、皆で朝早くから招待客二〇〇人くらいに出すお弁当作りに追われた。仏教会の大きな体育館のような集会場に舞台を作り、カラオケマシンやマイク、スピーカーなどを設置した。観客用に八人座れるように、丸テーブルとイスを並べた。ジュディの妹のパティシーは、ビデオ録画に忙しかった。

晃司は『白いブランコ』、紗季は『桃色吐息』を一部で歌い、休憩を挟み二部では、『別れても好きな人』を二人で振りをつけてデュエットした。

日本から来た紗季たちが、おそらく聞いたこともない演歌以外の曲を歌うので、日系カナダ人の皆さんがあっけにとられ、首を傾げられたことだろうと、後になって思い返せば笑い話であった。彼らにとっては演歌こそが日本の歌なのだから、今の若い日本人が歌う歌はさっぱりわからんと陰で言われていたかもしれない。

それからは演歌を猛練習して人前でも演歌を歌うようになった。晃司の得意曲は五木ひろしの『長良川艶歌』、紗季はもっぱら森昌子の歌を歌った。

第六章　鉄道移民

アメリカでは大陸横断鉄道の建設が中国人労働者二万人ほどを移民させて、急ピッチで行われていた。一八六九（明治二）年にカリフォルニア州サクラメントとネブラスカ州のオハマをつなぐ線がようやく完成した。二八五九キロメートルに及ぶ線である。オハマより東部への鉄道網はすでに完成していた。人種差別の激しいアメリカでの労働は、劣悪な条件下で過酷な労働であった。

一八七〇（明治三）年、カナダ建国から四年後、太平洋側のブリティッシュ・コロンビアがカナダ連邦政府に加わるためにＣＰＲ「カナダ太平洋鉄道」の建設が始まることになった。当時のカナダは、まだ四州しかなかった。ロッキー山脈に阻まれて太平洋側はまだまだ未開地が多かった。

ブリティッシュ・コロンビア州とアルバータ州にまたがるカナディアンロッキー山脈周辺は、現在世界自然遺産の一つに選ばれている。バンフ、ジャスパー、ヨーホー、クートニーの四つの国立公園と隣接する州立公園などを含めると二万三〇〇〇平方キロメートルにも及ぶ広大な厳しい自然に囲まれている。今では観光化され世界中から多くの人が訪れ、その自然のスケールの大きさや美しさに魅了される場所であるが、当時はまだそのほとんどが人跡未踏の地であった。果てなく続く奥深い森林地帯、透明度の高い神秘的な湖、切り立った渓谷、広大な氷河。立ちはだかる大自然を前に、そこに行き着く道路すらなかった。

＊＊＊

紗季と晃司は、日本から遊びに来た友人と一緒にバンクーバーからジャスパー、バンフへ車で回ったことがある。ジャスパーへ向かう道路際には、雄大に切り立ったカナディアンロッキー山脈が雪を抱いてどこまでも続いている。切り倒したばかりの長い丸太を運ぶ大きなトラックに阻まれ、追い越すことも困難な時もあったが、何とかジャスパーに辿り着いた。翌日は急なヘアピンカーブが続く山道を通り抜けると、広大なコロラド氷原が眼前に迫ってきた。大きなタイヤの雪上車に乗って大氷原へ乗り出した。着ていたダウンジャケットで寒さを乗り切ったが、横風に雪が飛ばされ体ごともって行かれそうな完全なホワイトアウトの世界だった。ガイドがいなくてはとても元の場所には戻れない。

そこからバンフへと向かった。バンフは今や有名な観光地だ。田宮二郎主演のテレビドラマ『白い滑走路』のロケ地になった所だ。ポピーの花が咲き乱れ、湖畔を歩く山本陽子の姿は今でも鮮やかに一枚の絵のように目に浮かぶ。

ロッキーを背に美しいレイクルイーズにライフジャケットを着込んでボートで漕ぎ出した。湖水はとても冷たく、ボートが沈んだら命にかかわるだろう。静かで優雅なひと時だった。夜はチーズホンデューを食べながら、短いが興味深い旅の話が弾んだ。

その時はまだ、この辺り一帯の開発に多くの日本人が携わり、また何人かの犠牲者が出たことは知らなかった。

＊＊＊

一八八五（明治十八）年十一月、カナダ政府の念願だった大陸横断鉄道は、難関工事の末にようやく開通した。バンクーバーからトロントまで二万キロメートルを超える長い鉄道であった。特にロッキー山脈を越える山間を抜ける鉄道工事は難関であった。

鉄道建設のために多くの中国人の出稼ぎ労働者たちが従事していた。そのほとんどは単身者でわずかな賃金で生活費を賄い国に仕送りしていたので、契約が終わっても帰国するお金もないほどに困窮していた。彼らは契約終了後、缶詰工場などに新しい仕事を見つけて移っていった。鉄道の本線以外にも奥地への支線の建設や鉄道レールの保全のために、常に鉄道員が必要だった。

一八八六（明治十九）年十月、神戸からサンフランシスコ行きのグランドホーム号に、鹿児島県出身の五人の水夫が乗り込んだ。鹿児島市出身の谷口政吉、林半之承、指宿市出身の濱﨑直次郎、森松次郎、黒岩三四郎であった。彼らはアメリカを経由してカナダのバンクーバー島にあるビクトリアへ着くと、ラッコ漁の仕事を得て働き始めた。

その頃、ラッコの毛皮は中国では千八百倍の高値で売れていたので、交易品としてよく乱獲されていた。そのため、一時ラッコは絶滅の危機に陥ったが、現在は保護されその数は増えてきている。

しばらくそこで働くと谷口たちは日系カナダ人のつてで、バンクーバーやスティーブストンへ移り、製材業や缶詰工場などに職を得て働き始めた。

こうして少しずつカナダへの日本人の移民者が増えていった。

＊＊＊

そんな時に「水安丸事件」が起きた。

一八九六（明治二十九）年、宮城県の鱒渕(ますぶち)村から事業家の及川甚三郎が四十二歳で単身カナダへ渡った。甚三郎は村長の三男坊（小野寺良治）として生まれたが、村一番の名家で運送業を営む及川家に婿養子に入り長女のうい
のと結婚し、及川甚三郎と名乗るようになった。二人の男の子に恵まれ、製氷業や機械製糸工場を作り手広くいろんな商売を成功させた。

先にカナダに渡った隣村の佐藤惣右衛門から時々便りがあった。カナダにはたくさん鮭が上ってくるフレーザー川があり缶詰を作っているが、白鮭や筋子は捨てられているという話を聞いて甚三郎は興味を持ち、カナダへ新しい活路を求めてやって来たのだ。

甚三郎は、カナダまでの航海中に横浜から同船したメソジスト教会の牧師鏑木五郎にアルファベットや簡単な英語の挨拶、自分の名前のサインなどを教わった。鏑木に通訳の宮

川益太郎、スティーブストンの漁師中林幸右衛門たちを紹介してもらった。まずはカナダの実態を見ることが先決だと夏場は漁業、冬場は林業の仕事に専念し、丸太小屋作りも学んだ。木材業はカナダの白人労働者は一日五ドルもらえるのに日本人は一ドル五〇セントと、ずいぶん賃金が安かった。

甚三郎は惣右衛門と共に先に来てスティーブストンで漁業に専念していた三尾村の人たちと競合しないように、河口から一七キロメートル上流のサンバレーに三〇アール（九〇〇坪）の土地を借りた。未開地だった広大な土地の木を切り倒して十人泊まれる丸太小屋作りを始めた。夏場は鮭漁に励み、冬場は木を切り倒して丸太小屋を作り、木を切り倒した跡地を開墾して畑にした。

一九〇六（明治三十九）年に一時帰国した甚三郎は同郷の人たちにカナダで働こうと呼びかけた。前年に宮城は飢饉に見舞われ、日々の食べ物がなく困窮していた。甚三郎は百円の渡航費でカナダに働きに行く人を募集した。ここにいても食べていけない、一家心中するしかないと家や土地を売り払ったりして、八十二人の応募があった。家族ぐるみの人もいて女性三人もその中に交じっていた。

八月の最終日の朝早く甚三郎はその人たちを連れて牡鹿半島の荻浜港をチャーターした

一九六トンの帆船「水安丸」で出航した。甚三郎以外は誰も旅券をもたぬ密航であった。生まれて初めての大航海で海のうねりに船酔いする人が続出したが、何とか五十日ほどかけて太平洋を渡り無事にカナダに到着した。夜陰に小さなボートで岸辺まで何回かに分けてたどり着いたが、全員警察に捕まってしまった。密航が見つかり、水安丸も移民法及び関税法違反の容疑で拿捕（だほ）されてしまった。

日本領事館の書記生、吉江三郎の尽力により何とか全員入国を許可された。ただし、太平洋鉄道の工事現場で一年間働くことが条件だった。そして、水安丸の船長錦織森太郎に三〇七五ドルの罰金刑が科された。この罰金は密航者全員の借金としてその後支払いが続いた。この事件は大々的に新聞で報道されたのでカナダで大問題になった。

しかし鱒渕村から到着した人々は、甚三郎に騙されたようだと感じながらも、帰国できずに安い給料で文句一つ言わずに働くしかなかった。ひたすら働く日本人にカナダ人は驚いた。一方で、このままいくと日本からの密航者が増えるのではないかと危惧した。

甚三郎たちは、連れて来た同郷の人たちが一年後に住めるようにと新たに移住したドン島やライオン島の開墾と丸太小屋を作る仕事に没頭した。そして一年後にやっと念願の家や工場が完成した。鉄道の仕事を終えた同郷の人たちのうち何人かは別な仕事を見つけて離れていったが、大方の密航者たちを迎えることができた。

「よし、いよいよここから出発だ。皆で頑張っていい仕事をしよう」

そう甚三郎が言ってこの日のために作っていたどぶろくで乾杯した。家や工場を見学しながら、甚三郎について来た人たちは、この一年間の苦労が報われた気がした。

甚三郎たちは、一年間の遅れを取り戻そうと昼夜構わず働いた。甚三郎たちが作った塩鮭や塩漬けの筋子は、日系カナダ人だけではなく、日本へと輸出されるようになった。質のいい筋子は日本で大好評だった。開墾した畑で収穫した野菜や手作りの味噌や醤油なども生産販売し、カナダに住む日本人たちによく売れた。

＊＊＊

この「水安丸事件」をきっかけに日本からの移民が厳しくなりそうだった。そうなる前にと正式に日本からカナダへの移民を募ろうと、一九〇六（明治三十九）年、後藤左織が日加用達株式会社をバンクーバーに設立した。

一九〇七（明治四十）年に横浜の東京移民合資会社を通じ広く呼びかけ、鉄道作業員と採掘作業員が三年間の労働契約を結び、カナダに移住することになった。

この年の六月十六日に集団移民でいっぺんに増える鹿児島県人のために、『鹿児嶋縣人会』が発足し、三〇人ほどが濱﨑直次郎宅に集まって総会を開いた。会長に木場清次郎、副会長に下高原幸三、会計に髙﨑幸太郎、林半之承が就いた。カナダに渡って来た鹿児島県人がカナダの各地に散らばるため、お互いの近況などを報告するために会費を集めて県人会の名簿を作成することになった。

先にカナダに渡っていた濱﨑直次郎は、加世田から指宿の濱﨑家に養子に入っていた。その関係で直次郎は加世田へも移民を呼びかけたので加世田から鉄道移民でカナダへ渡る人が出てきた。その一人が純子の叔父である万世の田畑市次だった。

「いよいよカナダへ出発じゃのう。どげん遠かところかわからんけど、手紙は届くんじゃろ。向こうの様子をたまには送ってくれんね」

少し白髪が混じった老母が不安そうな目で市次を見つめた。

「ああ、向こうに着いたら手紙を書くから心配せんでもよかよ。ほんなら、父さん母さん行ってきもす。皆も元気でな」

そう言って万世の市次は、幼い弟妹の頭を一人ずつ撫でた。

こうして十八歳になったばかりの市次は鉄道移民としてカナダへ出発した。末弟の市郎（純子の父）はまだ二歳になったばかりだった。

鹿児島から船で大阪まで行き、そこから汽車で横浜へ向かった。

七月二十四日、約二十日間かけて一一七七人の集団移民を乗せたクメリック号が無事にカナダのビクトリア港に到着した。検疫や医師の健康チェックを受け入国手続きを済ませると、いよいよカナダ本土へと船で連れて行かれた。日加用達株式会社の募集に応じて集団移民してきた日本人は、カナダ国内の鉄道と鉱山の仕事に振り分けられることになっていた。鹿児島からは四〇〇人くらいがカナダへ渡って来た。その半分は炭鉱などで働くために鉱山へ、半分は鉄道建設のために内陸へと行かされた。

七月のバンクーバーの町はスカッと晴れ渡り、涼しい風が吹き抜けていた。長い航海を終えて久しぶりに陸に上がった市次たちは、船の揺れに慣れてしまって陸を歩く時、体がぐらぐらした。バンクーバーに着くと日系人が経営している宿に案内された。そして働くためのいろんな手続きを一通り終えると皆で町に繰り出した。

「噂には聞いちょったが、カナダは英語ばっかいじゃなあ。ローマ字を学ばんと何もわからんのう、やっぱい白人が多かのう」

店の看板も、道路標識も全部英語なので読めないと何が何だかわからない。市次たちはカナダに着くまでの船の中でローマ字と簡単な英語の挨拶などを教えてもらっていたが、まだ全部覚えきれていなかった。

何もかもが珍しくきょろきょろしながらバンクーバーの町を歩き回った。日本人が多く住むパウエル・ストリートには、五〇〇店ほどの日本人の店が並んでいた。通り沿いに並ぶガス灯が異国情緒を醸し出していた。

何といっても彼らが一番驚いたのは、船が川を遡り港に近づく間に遠くからでも見ることができる背の高い木の彫り物だった。

「あいは何やろかい、えらいでかいのう、どげんして作ったろかい」

「カナダには巨人が住んどるんかもしれんなあ」

そう言いながら公園にあったその大きな木の柱を見上げた。

トーテムポールと呼ばれる太い柱のような背の高い木の彫り物は、西海岸に住んでいた先住民族たちが、それぞれの家の紋章や歴史などを刻んで作られたものだった。彼らにとってはとても貴重な何にも代えがたいものであった。白人たちが持ち込んだ天然痘や麻疹などの疫病で免疫がない先住民族が次々に亡くなったこともあり、トーテムポールを彫る技術者が激減して、もう新しいものは作られなくなっていた。荒削りのままのもの、色を塗ったものなど、形は様々だった。当時は誰も手入れをせずに朽ち果てるままになっていた。後にこれはカナダの歴史の一部だから保存しようという運動が高まり、今ではあちこちの博物館やスタンレーパークなどの公園で大事に手入れされ管理保存されている。そして大きな観光の目玉となっている。

市次は鉄道で働くことになった。カナダ太平洋鉄道で働く人たちは、何組かに分かれて内陸鉄道の新線の普及工事や、線路の保全作業の仕事に就いた。ロッキー越えの鉄道の仕事は過酷で、寒い中吹雪に見舞われたりしながらの作業は、大雪をあまり経験したことのない南国の鹿児島県人にとっては、きつい仕事であった。住居は窓のついた貨車であった。料理、洗濯、掃除なども自分たちでしなくてはならなかった。甚三郎の尽力で米、味噌、醤油、高野豆腐などの日本食が手に入るのがありがたかった。

この日本からの集団契約移民のために職を失うカナダ人が続出した。カナダ人より日本人の方が安い賃金で、文句も言わずに黙々と働くので評判が良かったのだ。

九月にカナダ人たちによるアジア人排斥の暴動が起きた。アメリカではすでに排日運動が起きていたが、この暴動はシアトルからアメリカ人の運動屋を呼び秘密裏に企てられ、日本人が多く住むバンクーバーのパウエル通りの店は、石を投げられ窓ガラスが割れるなどの大きな被害が出た。日本人も石を投げたり、日本刀を振り回したりしてこれに対抗した。

一九〇八（明治四十一）年にカナダはこれ以上日本人が増えることを恐れ、レミュー協定を締結し、日本からの移民は一年に四〇〇人までと人数を制限した。先に移住してきた人の家族の呼び寄せは簡単にできたので、この前後三年間で九〇〇〇人を超える日本人がカナダへ渡った。写真だけのお見合い結婚で奥さんを呼び寄せた人もいた。しかし、新たに移民するのは難しくなった。

一九一〇（明治四十三）年三月四日、外に出るとまだ凍えるような寒さだった。空はどんよりと曇っていて空気は湿っぽかった。

冷たいに手に白い息を吐きながら、鉄道作業員たちはトロッコに乗せられた。グレーシャー国立公園内にあるセルカーク山脈のロジャーズ峠で雪崩が発生し、線路が埋まってしまった。ここ数年雪が少なく雪崩事故が無かったので新しくできた線には、まだスノーシェード（雪除け）がない所があった。

しかし、この年はまれに見る大雪に見舞われた。特にここは、氷河が作ったU字型急斜面が両側から迫り、北米でも一番多く雪が降る危険地帯だった。線路復旧のために雪崩で押し倒されてきた樹木や雪塊を撤去しようと一〇〇人を超える除雪隊員が集まって作業を開始した。

東北出身の作業員が、また雪崩が来るのではないかと不安を口にした。それを聞いた班長は、

「お前は山の様子に集中しろ」

と言った。

時々山頂を見上げながらの作業が続いた。小さな石ころが転がってきた。

「危ない」

誰かが大きな声で叫んだ。そこへ突然、反対側のアバランチ山脈から第二の雪崩が発生した。

「Runaway!（ランナウェイ！　逃げろ！）」

と現場監督の声が響いた。何組かに分かれて除雪作業をしていた人たちに重たい雪が襲い掛かってきた。一〇〇トンを超えるロータリー除雪車が雪崩に巻き込まれ、反対側のスノーシェードの上に乗り上げてしまった。

すぐに逃げた人たちは助かったが、何が起きたかわからず上を見上げた人たちは逃げ遅れてしまい、重たい雪の下に埋まってしまった。手や足が見える人は雪を掻きわけて救い出すことができたが、大方は雪の下に埋まってしまい、手の施しようがなかった。仲間を助けるために夢中で雪を取り除こうとする日本人たちを、危ないとカナダ人の現場監督たちは必死になって止めた。二次災害を恐れて救出作業は難航した。

すぐに救助できないもどかしさで仲間を助けられない日本人たちは、友の名を叫びながら、「ワー」と言って泣き崩れた。六十二人が生き埋めになり死亡した。犠牲者のうち三十二人が日本人だった。すぐに日本人会に雪崩で多数の日本人が遭難したとの一報が届いた。

鹿児島県からは、垂水市柊原の迫田彦八と山路満之助、同じく本城の尾村袈裟吉の三人が雪崩に巻き込まれて亡くなった。この三人は鉄道移民に応募して、一九〇七（明治四十）

年六月十二日に横浜を出航し、半月かけてバンクーバーへ着いたのだった。契約の三年が終わるまであと少しだった。貧しい漁村だった垂水南部の小さな村から遠いカナダまで出稼ぎに行って、少しでも家族のために仕送りしようという人たちだった。

満之助の妻エタ、袈裟吉の妻ハルは去年バンクーバーに着いたばかりだった。彦八は伯父の山路彦次郎が喪主を務めた。できて間もないバンクーバー仏教会に次々に運ばれる日本人犠牲者の葬儀が、何回かに分かれて執り行われた。葬式で初代住職の佐々木千重により、

「日本から遠いカナダへ渡って来られてまだ間もないのに、たくさんの方々が犠牲になられて、こんなに悲しいことはありません。亡くなられた方々の尊い命は決して無駄にはさせません」

との法話があった。

日加用達会社や東京移民合資会社から、犠牲者一人に二二〇ドル（四〇〇〇円）の弔慰金が支払われた。現在に換算すると二〇〇万円ほどである。カナダ日系人の歴史の中で最大の事故であった。

この事故の後、日本人は最初の三年の契約期間が終わると鉄道関係の仕事は危ないと缶詰工場に仕事を得てフレーザー川沿いで漁をしたり、山で製材業をしたりしながら生計を

立てていった。

一八三六年から一九一六年にかけて、この峠では全体で二〇〇人の鉄道職員が殉職している。二度とこのような事故が起きないようにと一九一二年、CPRは峠とマクドナルド山の地下に八キロメートルに及ぶトンネルの建設を開始した。一九一六年に開通した「コンノート・トンネル」のお陰で今では雪崩に巻き込まれないようになっている。

二〇一〇（平成二十二）年八月に、レベルストークでロジャーズ・パス雪崩事故から百年目の合同慰霊式典が行われた。日本やカナダから八〇〇人が集い、亡くなった方々の名前が刻まれた慰霊碑が除幕され、コロンビア川で灯篭流しが行われた。鹿児島県出身の子孫も訪れた。カナダでは、ここで犠牲になった多くの日本人のことを後世に伝えると共に感謝と哀悼の意をもって心を込めて折り鶴を折って慰霊した。カナダ各地に散らばっている日系カナダ人や日本からも一万三〇〇〇羽の折り鶴が集まった。

現在、カナダでは雪崩事故が起きないようにと、気象予報士とは別に雪崩予報士が活躍して、雪崩を察知し未然に防ぐように巡回指導している。

第七章　キャナリー　缶詰工場

一八八二年にスティーブストンに大きな缶詰工場フェニックス社が設立された。そして、一八九〇年代には、大小四十五を超えるキャナリー（缶詰工場）が、次々と建てられていった。現在のように自動機械化されていなかったので、かなりの人手を必要としていた。鮭漁が盛んになると、それに伴い造船業も発展していった。

一八九七年に、「フレーザー河日本漁師団体」が設立され、二十二歳の本間留吉が団体長に選ばれた。日系人の病院・学校・寺院の運営や缶詰工場との交渉などを行った。

鉄道や鉱山で働いていた日本人たちは、三年間の契約が終わると、こういうキャナリーへ職を求めて移っていった。

市次は鉄道の仕事の契約を無事に終えると、鹿児島県人が多く住んでいるカヌー・パス（canoe pass 現在のデルタ）へ移り、新しくできたキャナリーで働き始めた。そして気の合う仲間と漁に励んだ。三尾村からの一大勢力が先にフレーザー川河口のいい漁場を押さえていたので後から来た鹿児島県人は競合しないように、少し離れた上流のカヌー・パスに拠点を構えて漁場に入った。

市次は、後から来る鹿児島県人に頼んで写真のお見合いをした。ツタが鹿児島から何人かと連れだってカナダに到着し、簡素な合同結婚式を挙げた。ツタには子供ができなかったので、鮭漁が盛んな時期はツタもキャナリーで働いた。

先にカナダに来ていた指宿出身の髙﨑幸太郎は、長男の幸助が十六歳の時に語学研修という名目で日本からカナダに連れて来て、カナダの小学校に入れた。カナダで生活するには、語学ができなければ商売するにも大変だということがわかってきたからだ。幸助は二年間小学校で学ぶと語学が堪能になった。幸太郎は幸助が十八歳になると日本へ帰国した。幸助は加世田村出身の上野長太郎に習って魚の仲買業を始めた。ＴＡＫＡという運搬船で各漁場を回って、皆が釣った鮭を計量して集配する仕事に従事した。英語が話せるのでキャナリーも一目置いてくれた。おかげで仕事は常時安定していた。幸助は日本から嫁をもらい、子供四人に恵まれた。

一九二一（大正十）年の年末に市次はツタを連れて日本に帰って来た。その時に髙﨑幸助一家と同じ船だった。当時のバンクーバー・横浜間の太平洋横断の様子が幸助の次男髙崎幸則の手記に残されている。

＊＊＊

《髙﨑幸則氏の手記より》

昔の大阪商船の「あらば丸」の三等船室の枕の横にあったポールツホール（丸窓）から毎日眺めた太平洋上の波のうねり。あの航海は、はたしてどんな航海だったか。たしかに父はその時、誰にも相談できずに一人で胸を痛めていたろう事が今考えると人事ではなく自分の事のように胸が詰まってきます。

子供三人と身重な妻を連れて約二十日間、バンクーバー・横浜間をスチームエンジンの船で太平洋を航海する。あの時代の日本行きの辛さは、今頃では想像もつかない日数でした。我々の母親が太平洋途上に亡くなったのです。生きている筈の胎内の子供がバンクーバー出航以前に死亡していたとは。当時の医学の無知か無能さが、今でも悔しく感じられます。とにかく洋上の船内で死んでしまった母の枕元に、父が私たち子供三人（幸則六歳、

日出子四歳、幸弘二歳）を連れて行ったのが、今でもはっきりと頭の中に浮かんできます。そして父が、

「お前たちのママはもう死んだ。これからはもう呼んでも返事はしてくれない」

と言ったような気持ちがいたします。とにかく青白くなった母の横顔が今でも頭のどこかにうすく残っております。あの時の親父の心境は我々も成人した後でも聞くことのできない事実でした。そして数日後に船は横浜港外に錨を下ろしていました。

幸造おじさんが乗船して来て、子供心におじさんはどうして船に乗り込んできたのかと聞いた思い出があります。そしたらおじさんはポールツホールから下を見下ろしました。船の横に下ろしてあるタラップの所にランチ（港湾内を走る小型船）が来ておりました。あの船でおじさんは来たのだと説明してくれました。それで子供心にも何とか謎がとけたような気をもったのを覚えております。

あの頃から戦前までは、船は横浜に直接入港せずに港外に一時停泊して移民館員か水上警察がランチで港外まで来て、何時間がかりで乗客に一人ずつ面接していろんなことを質問していたのを思い出します。中には日本語の全く話せない日系二世の女の子たちに、難しい日本語でいろいろ質問しても全く用事が通じないので怒って、

「日本語の通じないものが何しに来たのか、君たちには用事はないから早くカナダへ帰れ」

と、怒られていたのを覚えております。

太平洋途中で死んだ母の遺体は腹部を切って石炭を詰めて、船会社や、船長、船医の親切等によって、横浜までもってきてくれました。横浜で水上警察のランチに我々も遺体と一緒に乗って、市内のどこかで火葬にして、数日後指宿に向かいました。汽車で鹿児島まで行った後は船で湊まで行ったのか、そんな点は何にも頭に残っておりません。とにかくおじの幸造氏は、その時とても父のよき相談相手になったのは確かですね。時は大正十年の年末に近い頃の事です。

＊＊＊

幸則の手記を読むと当時の太平洋横断がいかに大変な旅であったかがよくわかる。その日本への帰国の洋上で大切な母親を亡くした幸則家族の悲しみが、わが事のように痛く胸に迫ってくる。

この後、幸則兄弟は、先に上野長太郎に連れられて帰国していた七歳の長兄幸男と四人、指宿で祖父母の幸太郎と千代に育てられた。幸助はフミと再婚しカナダへ帰って行った。五十代の祖父母にとって、まだ幼い四人の孫を育てるのは大変だっただろう。ずっとカナダに居ては、日本語が話せなくなるとの思いであった。そして、一九三一（昭和六）年に再びカナダに渡るまで、しっかりと日本語教育を受けたのであった。

髙﨑幸男・幸則兄弟は、十七歳と十六歳で再びカナダへ渡った。カナダの小学校に入れられ、基礎からみっちりと英語教育を受けた。そして二年間英語を学んで話せるようになると小学校をやめて鮭漁に励んだ。後から来た弟の幸弘も加わり、幸助たち親子は必死に働いた。そしてみんなで稼いだお金はほとんど日本へ送金し、年末になると幸助は貯まったお金をもって一時帰国した。その間、幸則兄弟は冬場はエビ漁、春先はヒラメ漁などをしながら自分たちの生活を支えた。幸助は帰国のたびに少しずつ指宿に畑や田んぼを買い求めていった。指宿にいた髙﨑家の人たちは、戦中戦後の生活が苦しい時に、その田畑を切り売りして凌（しの）ぐことができたのだった。

このような出来事がありながら、太平洋の荒波を越えての日本行きであった。市次たちは父親の具合が悪いと聞いて、急きょ帰って来たのだった。

「カナダはよか所な。お前さあのお蔭で弟たちもひもじい思いをせずに、皆立派に育ってくれた。ありがとうなあ」

病床にあった父親が市次の手を取って涙ぐんで言った。母親が先々を案じて市次たちに万世に帰って来ないかと言ったが、市次も今すぐにというわけにはいかなかった。

市次たちは父親を看取り新しく家を建てる段取りを付けるために、しばらく万世でゆっくり過ごした。大工の棟梁は父親とも昵懇（じっこん）だったので、

「後は任せてくれ、きっと立派な家を建てるからな」

と胸を叩いて見せたので市次も安心してカナダに戻ることにした。

「おっ母、そんじゃまた、カナダへ行って来っからな。体に気を付けて皆のためにも元気で長生きしてくれな」

そう言って痩せた母の手を強く握った。そして十七歳になったばかりの末弟の市郎（純子の父親）を養子にしてカナダへ連れて帰った。ツタに子供ができないので、せっかく築き上げてきたカナダの生活や、やっと手に入れた船などを引き継ぐ人が欲しかったのだ。また養子にしてわが子とした方がカナダへの移民の手続きも簡単だった。

末っ子の市郎は年老いた母親と別れるのは辛かったが、今度は自分がカナダへ渡ってしっかり家族を守らなければと覚悟を決めて旅立った。

市郎は、横浜からだんだん遠ざかる日本国を振り返りながら万世にいる家族の顔を一人ずつ思い出していた。そして手を振りながら大きな声で叫んだ。

「おっ母、元気でなあ。皆も元気でなあ。必ず帰って来るからなあ」

潮風で髪を乱しながら後から後から涙が溢れてきた。

太平洋へ向かう船は大きな荒波を越えて幾度もざぶりと揺れた。漁の手伝いをしていたので船には慣れているはずだったが、大きなうねりにゆっくり揺れる船の中で気分が悪くなり、何度も吐きながら船酔いに苦しんだ。

太平洋は、想像していたよりはるかに広大で果てしなく感じられた。見渡す限り何もない海に畏敬と共に恐怖も感じた。「板子一枚下は地獄」と覚悟してカナダに向かったものの、この大海原を目のあたりにすれば誰でも最初は身震いするだろう。東に昇る満月を見ながら西に沈む夕日を眺めた時には、何とも言えぬ大きな宇宙を肌で感じた。

やっと遠目にも陸地と思われる島影が見えた時には、これで何とか無事にカナダに着けそうだと胸を撫で下ろした。

遠くの山にまだ雪が残っていてカナダの春は空気が冷たかった。初めてフレーザー川を遡った時には、市郎は何と広い川だろうと思った。

カナダに着くとさっそく船に乗って市次から鮭漁を学んだ。市郎は小さい頃から万世で近隣の船に乗っては漁の手伝いに励んでいたので、いい漁場などを見つけるのがうまかった。鮭漁のコツをすぐに学び身に付けていった。英語が話せないとだめだと思い、暇な時には、英語の得意な人たちに教えてもらった。

一九二九（昭和四）年、二十四歳になった市郎は帰国した時に種子島から加世田へ移り住んでいた福島シマと見合い結婚して、カナダへ連れて行った。

市次夫婦は、市郎がカナダの生活に慣れてくると母親の面倒を見るために、その二年前に帰国して万世に新しく建てた家に住んでいた。

日本からカナダへ来たばかりの奥さんたちは皆、川に突き出た寒いキャナリーの中で働いた。鮭の頭と尻尾を落とし、内臓を取り出すクリーニングと呼ばれる仕事だった。下から吹き上げる冷たい川の風と冷たい川の水を使った作業は指先がしびれ、体がくたくたになるほどの重労働だった。いっぺんに鮭が獲れる夏の時期は晩御飯の後も残業があり、子供を寝かしつけてから、また夜遅くまでキャナリーで働いた。シマも時間があれば缶詰工場で働いた。慣れぬ仕事だったが、見様見真似で仕事に専念した。

赤ちゃんが生まれても面倒を見てくれる親や姉妹もなく、現在のように保育所もなかった時代である。赤ちゃんの首が据わるようになると背におぶっての長時間の立ち仕事であった。八歳を過ぎて少し働けるようになった子供たちは天井裏に上がって、缶が途切れないように長い管に缶を一個ずつ入れて手作業で缶を下に流すアルバイトをした。そのお蔭で絶え間なく缶が流れてくるので仕事はいっそう休み無しで過酷になった。赤ちゃんの泣き声や怒号が飛び交う中、女たちは必死になって働いた。シマには故郷を思って泣く暇もなかった。市郎は小さな平底の船に乗って船がいっぱいになるまで鮭漁に励んだ。

キャナリーには、日系人のほかに中国人やインディアンたちも働いていたのでいろんな言語が飛び交っていて、とてもうるさかった。大きな声で言ってもなかなか通じないので、仕事の指示は遠くから誰でもわかるように手でサインを送っていた。

市郎夫婦がカナダに渡った翌年一月に長女深雪が生まれた。種子島育ちのシマはカナダに来るまでこんな大雪を見ることはなかった。あまりの深い雪に外にも出られず家で赤ちゃんの世話に明け暮れた。深雪というのは、初めて見るカナダの雪を思って名付けた。近所の奥さんたちに教えてもらいながら毛糸で赤ちゃんのおくるみや帽子、手袋、ズボンなどを編んだ。身近に家族がいないので近くに住む鹿児島県人の方々が一番の頼りだった。

二年後に次女美智子が生まれた。深雪のお下がりがあるので美智子は何もなくても大丈夫だった。またその二年後に長男克明が生まれた。初めての男の子に市郎は喜んだ。そしてまた二年後、次男逸郎が生まれた。

「一生懸命に働いていると、こうして二年おきに子供を授けてくださる、有り難いことだ」

と夫婦は感謝した。

シマは四人の子育てをしながら鮭漁の忙しい時期はキャナリーで働いた。小さい子はおんぶするか、木箱に入れて目の届くところに置いての仕事だった。周りが皆そうなので、赤ちゃんを連れて来ても誰も文句を言わず、工場内ではそれが当たり前の光景だった。子供が成長すると上の子が下の子の面倒を見てくれるのでだいぶ楽になった。

無我夢中で働くうちに、カナダでの生活もあっという間に十年が過ぎようとしていた。

＊＊＊

紗季は梅雨の晴れ間、正雄の船に乗って一緒に漁に出掛けたことがある。フレーザー川を下り、太いマストの船は沖へ向かって進んだ。漁場に着くと、いつもはのんきそうにソファーに座っているお母さんも、颯爽と働きだした。文江は家に居ても退屈だからといつも正雄と一緒に海に出ていた。初めての鮭漁に紗季もわくわくした。紗季が投げた釣り竿に鮭がかかった。竿を引くと一瞬鮭と目が合ったが、慌てて引き揚げようとしたら逃げられてしまった。こちらが素人だと鮭にもわかったのだろう。こんな時は海の中で疲れるまで泳がせてから大きな網で掬って竿を引き揚げるといいと後で教わった。惜しいことをした。

鮭は川で産卵し海に下る海水魚で元々鱒の一種で一番大きいものを鮭と言う。鮭は何年間か太平洋を回遊した後、また生まれ故郷の川に戻って来て産卵する。岩の合間を掻い潜るように遡ってきた鮭は鱗がはがれ傷つき瀕死の状態だ。産卵を終えた雌も、射精を終えて砂をかけ終えた雄も、その一生の営みを無事に終えると息絶えて渓流に流されていく。岩場に引っかかった死んだばかりの鮭に熊が近づいて銜えて行く姿が時に見られる。鮭の生をつなぐ営みは過酷で厳しい。川辺で死んだ鮭はいつしか朽ち果て、溶け出た体液などは窒素となり、近くの樹々に栄養を与える。鮭の体の栄養素は、この鬱蒼としたカナダの森の樹木にとって大切な命の恵みとなるのだ。繰り返す自然の営みに無駄はないのだ。

＊＊＊

カナダにはたくさんの種類の鮭がいる。そのうちの主な五種類を紹介しよう。

キングサーモン（和名　鱒の介）は、何といってもカナダで一番大きい鮭である。別名をチヌークサーモン、スプリングサーモンと言う。小魚を食べ、鋭い歯を持っている。大きいものは全長二メートルにも達し、背面は青緑色、腹面は銀白色で、とても美味しい。バンクーバー近海で一年中釣れる。

コーホーサーモン（和名　銀鮭）はシルバーサーモンとも呼ばれる。春に釣れる小型の鮭はブルーバックと呼ばれる。秋にかけて三～四倍に大きく成長し、よくジャンプする元気な鮭だ。小魚を主食にし、鋭い歯を持っている。

サーカイサーモン（和名　紅鮭）は、夏場に群れをなして川を遡ってくる。プランクトンやエビを主食とし歯は鋭くないので漁師たちはたくさん獲って来る。味もいいしサイズも安定しているので最高の缶詰になる。産卵前になると背が赤く変色し、フレーザー川が真っ赤になるほど鮭が遡ってくると言われるのは、主にこのサーカイサーモンである。

ピンクサーモン（和名　樺太鱒）は、夏場にたくさん川を遡ってくるので河口で待ち構えた漁師たちは、簡単にたくさん釣ることができる。プランクトンやエビを主食にし、歯はない。サーカイより色が薄い。

チャムサーモン（和名　白鮭）は、ドッグサーモンとも呼ばれ、カナダでは脂肪が少なく犬の餌にしかならない不味い鮭と言われる。日本では、早い時期に獲れたものを時不知鮭（トキシラズ）、目近鮭（メジカ）、鮭児（ケイジ）などと呼び、筋子や白子が未熟なために脂がのっていて美味しい。特に鮭児は、滅多に獲れない幻の鮭と呼ばれ高級魚となっている。

日本で獲れる鮭は主にこの白鮭で塩鮭、新巻鮭と呼ばれる。日系人がカナダで鮭漁を始めた頃は、カナダ人は筋子を食べないので日本では貴重な筋子がカナダでは惜しげもなく捨てられていた。もったいないと塩漬けにした筋子を日本へ輸出するようになった。チャムサーモンは粒が一番大きな良質の筋子が取れるのでカナダでは主に筋子のために釣られるが、数はあまり多くない。

ロシア語で魚卵のことを「イクラ」と呼ぶことから日本では塊は「筋子」、筋子をばらした卵は「イクラ」と呼び分けるようになった。

第八章　母国へ

シマはたまらなく日本が恋しくなる時があった。ある日シマが、

「そろそろ日本に戻って教育をせんと、子供たちの話す日本語がちょっとずつおかしくなってしまう」

と言うと、

「そうなあ、鹿児島にも長い間帰っとらんしなあ、一度戻ってみるか」

市郎もそう言った。家族全員で帰国となると旅費も高かったので、シマは帰りたくてもなかなか言い出せなかったのだ。やっと工場で働いて貯めたお金で帰国する目途が立ったのだ。

一九三八（昭和十三）年の暮れに市郎一家はカナダを出航する船に乗った。初めて大きな船に乗り、大海に乗り出す子供たちはわけもなくはしゃいでいた。何もかもが珍しく、寒いのにデッキに出て、バンクーバー島を眺めながらいつまでも手を振っていた。船は汽

笛を鳴らしながら、太平洋へ乗り出していった。大きな波に揺られながら、船酔いする子もいたが、皆そろって船の中で新年を迎えることができた。青黒い大海原で迎える初日の出は、赤く大きく、地球は丸いと感じるほどに水平線は限りなく広がり丸みを帯びていた。家族全員で甲板に整列して両手を合わせて初日の出を拝んだ。

市郎一家がカナダから帰国したのは、一九三九（昭和十四）年の一月だった。横浜から大阪、そして鹿児島までは汽車で帰った。子供四人に日本の教育を受けさせようと、市郎の生まれ故郷の万世に帰って来たのだった。子供たちは深雪九歳、美智子七歳、克明五歳、逸郎二歳になっていた。市次が新しく建てた家にお世話になり、久しぶりの日本で一家はゆっくりとした時間を過ごすことができた。

しかしいつまでもここでゆっくりしてはいられない。市郎はまたカナダへ戻らなければならなかった。春からの漁が待っている。

「さあ、皆で花見に行こう」

市郎の掛け声に、シマは冬に漬けておいた高菜でおにぎりを包み、さつま揚げや卵焼きなどを作って近くの浜辺の公園に出掛けた。

「海がきれいね」

満開の桜の木の下で海を眺めながら家族全員で食べたおにぎりは本当に美味しかった。

「皆で貝掘りしよう」

深雪の言葉に子供たちは「わー」と言いながら、潮が大きく引いた浜辺に散っていった。持参したバケツが、あっという間にアサリ貝でいっぱいになった。たまに大きなハマグリも混じっていた。

夕飯に貝汁をたっぷり作って皆で食べた。

「美味しいね、お代わり」

食べ盛りの子供たちは、お腹いっぱい貝汁を食べた。

市郎は、この家族の笑顔をいつまでも忘れないようにと心に刻みつけた。市郎はこの大切な家族のために、もうひと踏ん張りだという気持ちだった。

カナダへ出発する朝、シマと子供たちが玄関先に並んだ。

「じゃあ、行ってくるからな。みんな母ちゃんの言うことをよう聞いて、手伝いもすったっど、よかな。深雪は長女だから母ちゃんに何かあったら、代わりに弟や妹の世話をすったっど、そん時はみんな深雪姉ちゃんを母ちゃんと思って、言うことをよう聞いてな」

「うん、わかった。父ちゃんも体に気をつけてな、手紙を書いてな」

深雪が気丈夫に答えた。半泣きの子供たちの頭を撫でながら市郎も涙がこぼれそうになるのをやっと我慢した。体は大きいが普段無口な市郎は、最後にシマを見つめると深く頷いた。この時には、まさかこれから十二年間も家族が日本とカナダに離れ離れに住むことになるとは夢にも思っていなかった。

万世の市次の家に家族を預けると市郎は漁をして家族に生活費を送るために単身またカナダへ帰った。シマは、その時身籠っていたが、まだシマさえも気づいていなかった。

二か月後、シマが妊娠したことをカナダに知らせると男の子なら「純雄」女の子なら「純子」と名付けるようにとの返事が届いた。

シマにとって、慣れない万世での生活は、子供四人を抱えて誰にも言えぬ苦労もあった。幸い子供たちは何の屈託もなく、日本の生活に馴染み上三人は小学校に通っていた。梅干やラッキョウ漬けなどをツタに習いながらたくさん漬け込んだ。また生まれる赤子のために古い浴衣をほどいてオムツを縫い、子供たちのために綿入り半纏（はんてん）を縫いと毎日忙しく日は過ぎていった。

木枯らしが吹き始めたその年の十一月、三女の純子が無事に生まれた。親がカナダ国籍だったので純子もカナダ人として籍を入れた。シマはカナダの市郎に無事に女の子が生まれ、純子と名付けたと手紙と写真を送った。市郎はその純子の写真と春に撮った家族全員の写真をいつも大事に飾って朝晩挨拶してはいろいろあったことを話しかけていた。

一九四一（昭和十六）年十二月八日、純子が二歳になったばかりの時に日本軍のハワイ真珠湾襲撃により太平洋戦争が始まった。

カナダ国籍の純子家族は、カナダがアメリカ側の立場で戦争に参加したので敵国人になってしまった。子供たちの学校での立場は微妙で、小学校に通っていた三人の姉・兄たちは仲間はずれにされるなど、寂しい思いをしていた。特に親しくしていた友達が、

「母ちゃんがなあ、もう口をきいたらいかんというから、ごめんな」

と言って二度と口をきいてくれなくなった時は、さすがに参った。

「悔しかったら、勉強で負けんように励むしかないぞ」

そう言って母のシマは子供たちを励ました。

シマは、漁から揚がってきた魚をさばく仕事や小さな畑を耕しながら家族のために生計を維持していた。戦争が始まる前までは、市郎から市次に定期的に送金があったが、子供たちの学校の納付金や着るものなどでお金は消えていった。その仕送りも戦争が始まると

完全に途絶えてしまった。日本とカナダが敵国になってしまい、送金は不可能になったのだ。

翌年シマは、子供たちを連れて実母が住む鹿児島市の田上町に引っ越すことにした。小さな万世の村では、どこに行っても敵国人という目で見られ、針の筵に座っているようで息苦しくなってしまったのだった。また、種子島出身のシマには万世の言葉が通じにくく、気心の知れた友人もいなかったので毎日が苦痛だった。市郎からの手紙も届かないのでカナダの様子が全くわからなかった。送金が途絶えてしまい、このまま市次夫妻にお世話になるのも気が引けた。

市次に引っ越しの決意を伝えると、

「次男の逸郎は置いて行け。俺の孫として日本人としてここでしっかりと育てるから」

と言われ、シマは泣く泣くかわいい盛りの五歳の逸郎を手放すしかなかった。市次が逸郎を連れて浜へ散歩に行った隙に、シマは他の子供たちを連れて万世を離れた。子供たちは、

「あれ、逸郎がいない。どこに行ったんだ、探してくる」

と大騒ぎになったが、

「逸郎は市次伯父が育てるから、心配せんでもよか」

というシマの言葉に、

「逸郎、元気でなあ。必ず迎えに来るからなあ」

と子供たちは大声で叫んで、皆泣きながら万世に別れを告げて鹿児島市へ向かった。

一人残された逸郎は突然皆がいなくなったので家の周りをあちこち探し回ったが、とうとう見つけられずに大泣きした。昨日わがままを言ってシマに怒られたからだと思い込んでしまった。

「大根飯は好きじゃない、不味いしもう食べ飽きた、たまにはパンを食べたいよう」

と言って毎日食べさせられる大根入りのご飯を少し残したので、

「逸郎、そんなに食べ物を粗末にすっとじゃなか。ご飯一粒でも有り難く食べて、カナダのお父さんに恥じないように大きく立派な男にならんとなあ」

そう言ってシマに諭されたのだった。シマにとっては、またいつ会えるかわからない次男への母親としての最後の言葉だと思って心を込めて言ったのだった。

それから逸郎は泣きごとを止めて、食べ物は絶対に残さないように綺麗に何でも食べた。そして、いつかまた母親が迎えに来てくれると信じていた。逸郎は十五歳でカナダへ渡るまで市次の家で育った。そして自分がカナダ人であるということを知らないままであった。

市次と従兄の卓郎が揉めていたことがあった。広島や長崎に原子爆弾が落ち、鹿児島が空襲で滅茶苦茶にやられた終戦間際だった。

「大体こんなちっぽけな日本が、あんな大国のアメリカと戦争して勝てるわけがなか」

という市次の言葉に、

「アメリカに住んじょったからそんなことを言うとか。俺たちは日本人だから最後まで戦うしかなかどが」

と取っ組み合いの喧嘩になった。逸郎は呆然として二人を眺めていた。間もなく終戦になり、市次たちはどちらもばつの悪そうな顔をして、しばらくの間お互いを避けていた。

鹿児島市の母の家に引っ越してからは、カナダ人ということを伏せて子供たちは日本人として田上の小学校に転校した。

「いいか、絶対に兄弟姉妹間でも英語を話したらだめだぞ。日本では敵の言葉は使用禁止だからな、誰が聞いているかわからんからな」

シマは厳重に子供たちに注意した。

その頃、日本国内では英語はいっさい使用禁止になっていた。野球をするにもストライクは「正球、いい球」、ボールは「悪球、悪い玉」、フォアボールは「四球」などと呼んでいた。

子供たちは鹿児島市の小学校に馴染み、友人ができていった。ようやくシマもほっとして日本人らしい暮らしができるようになった。しかし、生活はとても厳しかった。母親に子供を預けて、シマは何でも働ける所があったら働きに出掛けて日銭を稼いだ。日本とカナダの交流は途絶え、市郎の安否もわからぬままで、シマは毎日がむしゃらに働いた。他のことをゆっくり考える余裕もなかった。

近所では毎日のように召集令状の赤紙が届いて出征する兵士の見送りが続いた。日の丸の旗を振って皆でバンザーイと手を上げて見送った。

「召集令状をもって参りました。おめでとうございます」

と真夜中でも容赦なくたたき起こされて、赤紙を手渡されて何と答えていいものやら。結婚したばかりの若妻も子だくさんの家の妻も、しばし言葉を失った。気丈夫な妻は、

「ご苦労様です」

と受け取った赤紙をじっと見つめたが、心は虚ろだったに違いない。

町の繁華街を歩いている時に目を真っ赤に泣きはらした妻たちが心細そうに、白の晒木綿(さらしもめん)に赤い糸をもって千人の女たちに千人針をお願いしている光景によく出くわした。出征

兵の弾除けになると言われ、腹巻に仕立て上げてお守りを作るのだ。五銭玉や十銭玉を縫い付けたりして、無事に帰れるように祈りを込めて縫ったものだ。シマも娘たちも迷わずすぐに一針すくって玉止めを作った。

「ご武運をお祈りします」

シマはいつもそう言って妻たちの肩にそっと手を置いて励ました。二十歳から四十歳までの徴兵検査に合格した者は、いつ赤紙が届くかわからなかった。赤紙が届いたら召集まで一週間くらいしか間がなかった。召集され入隊検査に合格すると、そのままどこの戦地に赴くのかもわからなかった。残された家族は、不安だがそれを決して口にできない毎日だった。

ある時、まだ小学校に入ったばかりのような小さな女の子が声を張り上げて千人針をお願いしていた。聞くと、お母さんは臨月でもうすぐ赤ちゃんが産まれそうだからと、この小さな娘が代わりに立ってお願いしているとのことだった。木枯らしが吹く寒い朝だった。女の子の手はあかぎれで真っ赤になっていた。市郎が日本にいたら、赤紙が届いていたかもしれなかった。きっと子供たちは、この子と同じように辛い目に遭っただろう。市郎はカナダに居た方がよかったかもしれないとシマは思った。

食べるものは戦争に入るとすぐに全部配給制になった。小学校の運動場はみんなで開墾して、から芋やじゃが芋、カボチャ畑に変わった。子供たちはいつもお腹を空かせていた。シマは自分が食べる分を削って育ち盛りの子供たちに食べさせた。着物は贅沢品となり、木綿の質素な上着とモンペ姿に変わった。

日本の勝ち戦と信じていた戦争は、長引いて次第に様子がおかしくなっていった。

第九章　空襲

奄美大島、沖永良部島、徳之島、喜界島、加計呂麻島、与論島、請島、与路島の八つの有人島からなる奄美群島には本土防衛の最前線として守備隊が駐屯し、特攻機の中継飛行場があった。

一九四四（昭和十九）年十月十日、日本近海に迫ってきたアメリカ艦隊からの本格的な攻撃が始まった。沖縄の那覇市は空爆による火災で市の九割が燃え、多くの人が亡くなった。

奄美群島へも攻撃の手が伸び、奄美大島の名瀬や古仁屋は焼け野原になった。沖永良部島や徳之島は、機銃掃射で多くの住民が亡くなった。日本側は、停泊中の艦船がほぼ全滅する打撃を受け、各島々の小さな漁船なども多く破壊された。

本土決戦を見越して、竹やりを使った練習や、火事になった場合を想定してのバケツに水を汲んで水をかける消火訓練などが続いた。庭に防空壕を掘って貴重品をすぐに運べるようにリュックにまとめたりもした。誰の目にも戦況は次第に悪化しているように感じられた。万世の飛行場から沖縄へ向けて特攻機が出撃しているという噂がちらほら聞こえ始めた。

一九四五（昭和二十）年三月十日深夜に約三〇〇機のB29爆撃機が東京へ飛来し、三十三万発以上の焼夷弾を投下した。わずか二時間で現在の江東区・墨田区・台東区の辺りを中心に大きな火災になり、火の手は千代田区・江戸川区の辺りまで迫った。この東京大空襲で、二十七万戸が罹災した。いきなり日本の中心部への容赦ない攻撃が始まった。これまで東京・横浜・名古屋・神戸・北九州などへの空襲はたびたびあったが、今回は未曽有の大空襲であった。しかし、日本の大本営は「被害は僅少」と発表した。その後も東京への空襲は六〇回以上にも及び、七十万戸が罹災し、一〇万人以上が亡くなった。

三月十四日深夜には大阪が空襲に遭った。中心部の約十四万戸が焼失し、約四〇〇〇人が亡くなった。大阪は度重なる空襲で一万五〇〇〇人以上が亡くなった。

三月十八日、鹿児島市への空襲が始まった。その朝早く桜島上空に現れたグラマン・カーチス等の艦載機四〇機は、郡元町の海軍航空隊を急降下爆撃して、死者六人、負傷者五十九人を出し、軍の施設に大きな被害が出た。いよいよ本土決戦の時が迫ってきた。

三月二十六日、本土攻略のための航空基地と補給地確保のために、連合軍が沖縄本土で戦闘を開始した。

四月八日午前十時半、空襲警報のサイレンが鳴る間もなく、いきなり鹿児島市田上町方面に爆弾が落下し爆発が起きた。この日は日曜日で防空訓練もなく桜が満開で穏やかな朝だった。灌仏会（釈迦の誕生を祝う日）を行う寺もあり、熱心な仏教徒がぼつぼつ寺に集まるところだった。いきなりの米軍の空襲で新照院から加治屋町、騎射場方面にかけて二五〇キロ爆弾六十個が落とされた。あちこちで火災が起き、防空壕入口に落とされた爆撃などで生き埋めとなった人たちもいて、死者五八七人、負傷者四二四人を出した。田上、山下、八幡小学校などが被害を受け、電車もあちこちで被災した。

シマたちは、花見がてら市内のお寺に出掛けていた。突然の空襲で皆我先にと逃げ回った。声を掛け合って裏手にある防空壕に飛び込んだ。全員無事だった。田上方面がやられたとの報に火の手が上がり赤く染まった西の空を心配そうに何度か見上げた。空襲が収まってから家に戻ると家は爆撃を免れ無事だった。全員でほっと胸を撫で下ろした。

隣の庭の八重桜が何事もなかったかのように春風に揺れている。

「ああ、もう戦争は嫌だ、空襲で逃げ回るのは嫌だ。生まれ変わったらこの八重桜のように大きな木になって、いつでもそこに堂々と立っていたいものだ」

とシマは思いながら八重桜を見上げた。

二十一日朝八時に吉野町方面から現れた米軍の空襲では、長田町から市の中心部を抜け新屋敷へかけて、時限爆弾が落とされた。最初不発弾と思われた爆弾は、時間を置いて五月末まで、あちこちで爆発を始め人々を恐怖に陥れた。いつ爆発するかわからないので不発弾が落ちた辺り一帯は縄を張り巡らし、立ち入り禁止になった。

五月十二日夜八時、沖縄から発進した爆撃機が照明弾を落としながら初めて夜襲をかけてきた。沖縄では連合軍と激しい戦いが続いていたが、敗戦の色が濃くなっていた。

六月十七日夜十一時五分、皆が寝付いた頃に鹿児島市は今までで一番大きな空襲に襲われた。シマたちは、真夜中の空襲に慌てて飛び起きると豆電球に布袋をかけた。

「皆防寒帽をかぶって、早く貴重品をもって防空壕に逃げなさい」

シマは大声で言うと、自分も防寒帽をかぶり用意していたリュックを背負い、一番小さな純子の頭に防寒帽をかぶせて電気を消すと、純子の手を握って外に出た。

真っ暗な中、通い慣れた道を急いだ。B29が間近に迫ってきた。ヒューヒュルルと焼夷弾がキラキラ光りながら近くに落ちた。

「キャー」

シマは慌てて純子の背に覆いかぶさって身を伏せた。何軒か先の家に落ちた焼夷弾で火災が発生した。B29がまた引き返してこないうちに裏山の防空壕へと急いだ。命からがら防空壕に逃げ込み、暗がりの中、先に逃げていた上の子供たちと母親の名を呼ぶと、

「母ちゃん、こっちだ」

と深雪の声がした。皆無事に逃げ込んだようだ。その夜は一睡もできずに一晩中焼夷弾が落ちる音と、市街地が真っ赤に燃え盛る炎と煙に怯えた。

その夜、百数十機の大編隊を組み、無防備な町へ十三万個の焼夷弾を落としながらの米軍の絨毯攻撃が一時間以上続いた。ほとんどが木造の家なので、あちこちで火の手が上がり、真夜中にもかかわらず市内は真っ赤に染まり、町は火の海と化した。大きなビルに火が入り、全館の窓から炎が噴き出した。真っ暗闇の中、逃げ惑う人々をあざ笑うかのように照明弾で照らされた人々を狙って爆弾が落とされた。熱さと煙に巻かれ、水を求めて川へ逃げる人も多かった。夜が明けると、電車もバスも車も焼けただれ、電線は垂れ下がり、電車の軌道はぐにゃっと曲がって使い物にならなかった。真っ黒になった焼死体があちこちに転がっていた。大怪我や大やけどをした人たちがたくさんいて、わめきながら助けを

求めていた。庭に掘った防空壕に逃げ込んで火の海に囲まれ、家族全員焼け死んだところもあった。死者二三一六人、負傷者三五〇〇人を出した。

　シマたちは、夜が明けるとそっとあたりを窺いながら防空壕から這い出した。見渡す限り鹿児島の町は焼け落ちて煙はまだ燻(くすぶ)っていた。はるか向こうに桜島が見えた。

「ああこれが戦争なのか、何と無慈悲なことだろう、この火の海でいったい何人が亡くなったのだろう」

　シマたちは呆然と言葉を失って立ちすくんでいた。自宅周辺は火事で焼け出された所が多かったが、かろうじて風向きが変わったのか、火は二軒先まで来て止まっていた。やれやれ、へとへとになって玄関に倒れ込むように入ると、シマは思わず腰を落とした。

「母ちゃん、水」

　深雪が井戸水を汲んできて、皆に一杯ずつ配った。濁って汚かったが、喉がカラカラだった。上澄みを少しだけ飲んだ。夕べの残りご飯と味噌汁を混ぜて少しずつ分けて食べた。

　落ち着くと、近所の様子を見に回った。焼け出された家の人たちは生きているのかどうか、居場所もわからなかった。取りあえず今夜眠る家があることがありがたかった。

七月二十七日午前十一時五〇分、鹿児島駅付近に米軍機ロッキードが一トン爆弾を投下した。鹿児島本線と日豊線からちょうど汽車が着いたばかりの駅は、大勢の人でごった返していた。駅周辺の建物に大きな被害が出て死者四二〇人、負傷者六五〇人を出した。三十一日午前十一時半、再度鹿児島駅周辺へロッキードからの空襲があり、上町地区はほとんど焼け、大龍、清水小学校にも火の手が上がった。ほんの一部の家だけが焼け残った。

八月六日十二時半、上荒田から西鹿児島駅（今の鹿児島中央駅）、伊敷村へかけて最後の空襲があった。グラマン、カーチス等の艦載機による爆撃や、機銃掃射などで火災が発生し、伊敷の十八部隊兵舎が焼失した。その頃には、瓦礫（がれき）の山と化した鹿児島の町にはほとんど人はいなかった。人が住める状態ではなかったのだ。

鹿児島市への八回に及ぶ空襲で、市内の九三％の家屋が焼失、死者三三二九人、負傷者四六三三人、二万一九六一戸の家が罹炎し、死傷者を含めた被災者は一一万五三八五人に達した。家も家族もすべてを失って、鹿児島市を離れる人も多かった。

十一日午前十時半、加治木（現在の始良）、串木野、阿久根などの地方の町が空襲に襲われた。鹿児島市内はもう燃え尽きていたから、県内各地が襲われたのだ。

六日には広島市中心部、高度九六〇〇メートルから投下された原子爆弾は地上六〇〇メートルで炸裂。凄まじい爆風と共に数万度の熱線と放射能が町を襲った。そこら中の家や樹木すべての物が破壊され、爆風はすべてを巻き込んで大きなきのこ雲となって立ち上った。今までにない無差別大殺戮兵器は一瞬にして町を廃墟と化し、多くの命が立ち消えた。丸焦げになった死体をのせて電車が火を噴きながら走り、町のあちこちに丸焦げになった死体が転がった。人影だけが階段に焼き付いて残り、遺体は跡形も無くなったものもあった。しばらくすると、放射能を帯びた灰混じりの真っ黒の雨が降り始めた。原爆からかろうじて生き延びた人々は、黒い雨の中ぼろぼろの衣服で助けを求めてさまよった。体のあちこちにやけどを負い、喉の渇きから放射能にまみれた井戸や川の水をすくって飲んだ。やけどを負った腕は下ろすと痛むので前へ突き出して幽霊のように歩き回った。あちこちで火災が起き、町は火の海となった。火災が収まると、行方不明の家族を探しに町を歩き回った人々が後に原爆症に罹りその尊い命を奪われた人も多かった。大怪我を負い、焼けただれた人々を介護した多くの医師や看護師たちも、その例外ではなかった。高熱が続き髪は抜け落ち、ただれた皮膚からは蛆虫がわき、やせ細って死んでいった。放射能を浴びた妊婦の中には、後に無脳児を出産した人もいた。放射能の意味もわからず、目に見えぬ放射能に侵され、多くの人々が次々に亡くなった。

九日には、小倉を目指していた米軍の爆撃機はあいにくの煙霧に阻まれ目的地を確認できなかったため、長崎市北部で原子爆弾を投下し、松山町上空五〇〇メートルで炸裂した。広島に捕虜として捕らえられていた米兵十二人も原爆の犠牲になった。長崎には連合軍の捕虜（アメリカ人・イギリス人・オーストラリア人・オランダ人など）たちもいたが、彼らもまた原爆の犠牲になったのだ。中国や朝鮮からの留学生や強制労働者たちの多くも犠牲になった。また、戦前から日本語教育のために親戚に預けられていた日系アメリカ人や日系カナダ人たちも被爆した人が多かった。

原爆により十二月までに、広島十四万人、長崎七万三〇〇〇人、計二十一万人以上が亡くなり、負傷者の数は十五万人以上であった。後に髪が抜け落ち、歯茎から血が流れ下痢が続き、白血病を発症し亡くなった人たちも多かった。

原子爆弾投下後、引き揚げたアメリカ軍の勝ち誇ったような笑顔の写真を何年も後に目にした日本人は、アメリカ人にとって日本人の命は露ほどの価値のないものなのかと思われた。何万人もの罪のない人々の命を想像できるなら、誰が原子爆弾を落とせるだろうか。アメリカ人に同じことが起きた時、彼らは誰を恨むのだろうか。

しかし、この原子爆弾はアメリカだけの責任ではなかった。原子力を爆弾に使用するアイデアを出したのは、ドイツとの戦いに苦戦していた英国であり、製造に必要なウラン鉱石や重水を提供したのはカナダであった。北極の近くにあるウラン鉱石の採掘に従事したのは、カナダの先住民族であるデネー族の男たちであった。彼らはウラニウムの危険性を知らされぬまま採掘の重労働に就き、被爆して次々に亡くなったのだ。彼らの村は働き盛りの男たちを奪われ、未亡人の多い村になり生活は困窮した。後に原爆の一端を担ったと知ったデネー族の人々は、知らなかったこととはいえ罪の意識に悩まされたのだった。

原子爆弾開発には、米英加だけではなく、イタリア、オーストリア、スイスなど多くの国の科学者が携わっていたのだ。その中には、ドイツ系ユダヤ人も含まれていた。そして、多くの科学者たちは、原爆を用いることは大変危険なことだと認識していた。科学者の中には最後まで使用に反対する人がいたにもかかわらず実行に移されたのだ。

ルーズベルトの遺志を引き継いだトルーマン大統領は、白人至上主義者だった。黄色人種であるアジア人、特に日本人への偏見は凄まじく、ひどい人種差別であった。原爆使用の禁止は大統領である彼の意志の決定があればできたはずだ。しかし、日本軍のハワイでの真珠湾攻撃のことを根に持っていたため、

「日本憎し、日本をつぶせ、ジャップを殺せ」

それが彼らの意志だったのだ。そして、新しい兵器である原子爆弾の力を試したかったのだ。一発の原爆でどれくらいの被害が出るか、その威力を確認するため攻撃目標とされた町へは、それまで一回も空襲を行わなかったのだ。そして攻撃のビラを配るなどの何の前触れもなく、一般人が多く住む町を突然襲ったのだ。ピカッと光りドンと炸裂した。一瞬の出来事だった。とうてい許されることではない。

「ピカドン」は、その後原子爆弾の俗称として使われるようになった。

八月十五日正午、昭和天皇陛下の詔書の玉音放送が、日本国内、そして海外でもラジオで流された。それは、二回に及ぶ原子爆弾により一瞬にして多くの国民が亡くなったことへの怖れ、日本国存亡の危機を救わんがための、連合国軍のポツダム宣言受諾の通告であった。戦争のために亡くなった多くの犠牲者への弔いの御言葉であった。そしてこれから先、未来永劫にわたる平和を祈念し、皆で総力を挙げて国の再建に取り組もうという励ましの御言葉であった。

天皇陛下の御言葉を初めて耳にし、崩れ落ちるように泣き叫ぶ人あり、肩をがっくり落として地べたに突っ伏す人あり、意味がよく飲み込めずにきょとんとしている人あり、様々だった。

大事な教え子を何人も戦場に送り出し戦死させてしまったと責任を感じ、自害し果てた教師もいた。

ようやく戦争は終わった。もう空襲に怯えることはないのだと誰もが悔しさの中安堵の気持ちが広がった。しかし、壊滅状態の鹿児島市の再建はこれからだった。日本各地が被災していた。そして多くの人が家や家族を失い、行く当てもなく彷徨（さまよ）っていた。

日本中に戦争孤児が溢れかえった。その数は十二万三〇〇〇人を超えた。その多くは親戚や知り合いに引き取られたり、養子に出されたりした。汽車の高架下で靴磨きなどをして、路上生活をしていた孤児たちは児童養護施設などに収容されて育った。中には行政の手が届かぬうちに、住む家も食べるものもなく、お腹をすかせたまま亡くなった孤児も大勢いた。

働き盛りの一家の主を戦争で亡くし生活が困窮した人が多かった。また戦争に出たまま生きているのか死んでいるのかもわからない人が多く、焼け出されて住居を変わった人たちは連絡が取れなくなった人も多かった。

それでも残された大家族を背負って、女たちは必死に生き延びなければならなかった。

第十章　キャンプ　収容所

一方カナダでは、太平洋戦争勃発後いろんな問題が多発した。

「日本軍がハワイの真珠湾を攻撃したらしい」

「いよいよアメリカと日本の戦争が始まるのか」

「俺たちはどちらの味方につけばいいんだ」

「そりゃあ、俺たちはカナダ国民だから当然アメリカ側について、日本と戦うしかないだろう」

そういう会話がスティーブストンの各家庭やカフェで囁かれるようになった。市郎のように日本に家族を残してきた者たちや日本に遠い親戚がまだたくさん残っている人たちは、どうしていいのか複雑な気持ちだった。

ところが、翌一九四二（昭和十七）年に日系カナダ人は市民権を捨てて日本へ帰国するか、内陸部の強制収容所に抑留されるかのどちらかを選択するようにとカナダ政府に迫られたのだ。

「これはいったいどういうことだ。俺たちはカナダ国民ではないというのか」

日系人たちは驚いて、どうしたらいいかあちこちで話し合いがあった。

「お父さん、どうしますか？　日本に帰りますか？」

文江が不安そうに正雄に尋ねた。

「いや、ここまで頑張ってきたのだし、それに我々はカナダで生まれて育ったカナダ人だ。今のこのこと日本に帰ったらそれこそ敵国人として、命を狙われるかもしれない」

正雄は一歳になったばかりのジュディの寝顔を見ながら、そう呟いた。この一週間でどちらかに決めなければならなかった。せっかく求めた土地も家も家財道具も、生活の糧を得ていた大事な漁船もすべて没収されるとのことだった。ジュディの姉シェリーは二歳だった。

約二万二〇〇〇人の日系カナダ人は、ほとんどがカナダの国籍で市民権を取得していたにもかかわらず、敵性外国人とみなされた。

新聞やラジオは日系人のことを「ジャップ」と書きたて、日系人がさも何か悪いことでもしたかのように不安を煽(あお)り立てた。日本語の新聞は三紙とも廃刊になり、反論することもできなくなった。ラジオを持っているとスパイ容疑がかかると言われ、ラジオを没収されてからは、いろんなニュースが入りにくくなった。

RCMP(王立カナダ騎馬警察)は、日系人が何も悪いことはしていないことを一番よく知っていた。にもかかわらず、事態はどんどん悪化していった。

漁師や船大工は一度拉致された後、漁船の没収、売却、漁業許可の停止など、強制的に移動させられた。従わない者は、国外追放、国籍剥奪とのことで、従わざるを得なかった。一部の日系人はカナダに住むことを諦め、日本に帰国していった。

大方の人たちが、一旦バンクーバーにある収容所に入れられた。そして、太平洋沿岸から一〇〇マイル(一六〇キロメートル)内陸部の防衛地域に移動させられることになった。

一月には、十八歳から四十五歳までの働き盛りの男性は、一〇〇人単位で内陸部の極寒の地でロッキー山脈を通過する高速道路建設のため、危険な重労働に従事させられることになった。雪が四、五メートル積もる地での作業は困難を極め、慣れぬ肉体労働に倒れる人も出てきた。雪崩に巻き込まれる危険もあった。また別なグループは、あちこちの労働キャンプに行かされ、日系人を抑留するため、二〇〇〇人収容のテントを作らされた。

三月には、日系人が集まってよからぬ相談をしないように、夜間外出禁止令が日系人だけに出され、日が沈む前には自宅に戻らなくてはならなかった。多くの日系人は、それまでの職場を解雇された。細々と日本食などを売っていた商売人たちもいたが、ついに全員に退去命令が出された。日系二世の男の若手は、強制労働のためにシュライバーやジャスパーのキャンプに連れて行かれた。行くのを拒むと敵国人と呼ばれて逮捕され、移民局に監禁された。

ヘースティングス・パークの畜産パピリオンと婦人パピリオンに、内陸部への移動前の日系人二〇〇〇人が収容された。ほとんどが年寄りと女子供たちだった。プールと呼ばれる収容所には、水道設備もなく風呂にも入れなかった。まるで家畜小屋のような狭い仕切りなしの部屋に大勢が押し込まれ、ろくな食料も与えられなかった。燃料不足で寒さに震え、栄養不良になり発疹チフスに怯える毎日だった。

そして、「内陸住宅計画」という名のもとに日系人を抑留する収容所建設費捻出のために、財産を全部没収された。日系カナダ人の家や土地、家財道具や船、農地など、すべてカナダ政府に没収され安値で売却された。

七月までに、アルバータ州やマニトバ州などのゴーストタウン十か所に、一万三〇〇〇人の日系移民たちは移住することになった。

東部のトロントなどの親戚を頼りにいち早く移住できた人たちは、家財道具を前もって送ることができたが、その他の残された人々は両手にもてるだけのわずかな荷物しかなかった。こうしてロッキー山脈のふもとの極寒の地三か所に大きな収容所ができ、長い収容生活が始まった。二〇〇〇人が入るキャンプ（収容所）に入れられた人々は、最低限の生活の基盤を作り上げていった。まず子供たちの教育のために簡易の学校を作り、俄か先生が得意科目を教えるようになった。そして、皆が入れるように大きな銭湯を作った。三尾村出身の人たちは、ほとんどこの大きなキャンプで過ごした。

林の一家は、七月にサンドンへ移り住んだ。キャンプに住み、正雄は高速道路の建設に励んだ。文江は幼子二人を育てながらの抑留生活だったが、親や姉妹もそばに居て周りはみんな知った人ばかりなので少し安心だった。翌年の夏に長男レイが生まれた。翌年幼子三人を抱えながらカスローへ移動になった。その年末に三女パティシーが生まれた。

一方、鹿児島県人はもっと奥地のアルバータ各地の農場に行く人が多かった。市郎も農場で働くことになった。漁師しか経験のない人たちにとって農作業は大変な仕事だった。その年の夏は特に暑く、連日三十八度を超す暑さだった。ここでの砂糖大根の収穫の仕事は、きつかった。また、砂糖大根の収穫の合間には小麦の収穫に追われた。裸で働く男たちの背中を太陽は容赦なく照りつけ、麦の穂が当たった背中は傷だらけで乾燥して、寝ることもできないほど痛かった。

髙﨑幸則夫婦は、兄弟・親戚などと同じくアルバータの農場に行かされることになった。その頃の様子が詳しく残されている。

＊＊＊

《髙﨑幸則氏の手記より》

一九四二年四月に十数年住み慣れたカヌー・パスの土地をカナダの戦時措置法、『日本人の血を受けたものは沿岸百里から一人残らず立ち退き命令』で我々も全財産を後に残してBC沿岸からいよいよ出て行くことになりました。一九四二年一月末に久美子が生まれ、生まれて間もない久美子を連れてアルバータ州に移動しなければならない。あの時二十四歳の一人の男は今後の生活を考え、まことに兄弟三人と親族一同で力を合わせられたから、戦時中戦後を無事切り抜けてこられたのかもしれません。

移動した年の夏はものすごく暑くて、五月から日中百度（摂氏三十八度）を超す日がほとんど毎日続きました。五人の男手の私たちの組み合わせは割合と良かったのでアルバータのオヤジは大喜びでした。砂糖大根の農作業なんてまことに体の酷使でした。今でこそ時代も進んでいて全部機械でしていますが、当時は全部肉体労働でした。それを無駄のないよう一同五人が玉のような汗を流しながら無茶苦茶働きました。

砂糖大根作りの合間には色々な仕事があって、特に小麦の取り入れの時などはものすごく重労働でした。裸で日中仕事をしているので肌が荒れて、毎日の事ながら寝ても背中が痛くて寝付けない夜があるほどで、世の中にあんな重労働はそんなにはないでしょう。

今頃は大きなコンバインという機械でどんどん刈り取って行くので毎日何十エーカーと片づけていきます。もちろん昔の生き残りの百姓の人たちは、昔の麦取り入れの重労働を知っているはずです。

またBC州では自動車の運転もしたことのなかった私たちでしたが、アルバータのオヤジは気が大きいので気軽に新しい乗用車でも簡単に貸してくれますし、また麦取り入れの時などは、三トントラックを使ってくれと言うので最初の日から麦を一杯積んで畑の中を走って、麦の貯蔵室まで運んで行って下ろしてくるという仕事をしました。慣れないトラックをよく運転できたものだと思います。そして、その年の暮れ頃には新しいトラックを買いました。

石炭を使用している生活でしたので夏はキッチンストーブ、冬支度として家の近くに十個くらいの石炭の山をドア口近くに用意しておくのに秋の暇を見て二回くらいトラックを借りて炭鉱まで石炭を買いに行きました。そうしてトラックの運転もいろいろと経験しました。山路の上りの道や、また下り坂などもギヤの入れかたなどもいろいろと経験しました。

アルバータ州等の面積は規模が大きいからトラクターもトラックも大きいし、いくらも数があるので、どれでも自由に使用できました。戦争中は我々の車はクーポン制度でガソリンに制限がありましたが、百姓の機械類にはガソリンの制限がなかったので百姓の主人から自分たちも何ガロンかブルーの色の付いたガソリンを貰って、よく乗り回していたものです。

漁業しかしたことのなかった者同士が慣れない農業をするのは、やはり陸に上がったカッパと同じでした。それでも約十年アルバータ州で、何とかがんばって生活してきました。

アルバータ州生活中に冬の間の二か年は、オンタリオ州のダム作りに行ったこともありました。零下三十～四十度という厳寒の中を三か月間働きました。夏も冬もほとんど遊ぶこともなく、自分ながら本当によく働いてきました。

ビーツ作りの合間は、町の建築会社にずっと大工仕事で働きに行くし、ビーツの取り入れがすんだら冬間はずっと建築の仕事に通っていました。春夏秋冬と暇なく兄弟の中でも私一人が大工仕事ができるので冬間もほとんど毎年働いてきました。

アルバータ州にいた約九か年は、電気のない生活でした。冷蔵庫などもちろん無い生活でした。それでも食料を保存する方法はあるものです。床下に幅二メートル、長さ三メートル位の穴を掘り、床に切り抜きをつけて、それに蓋を作って普段はカバーして用事がある時は蓋を上げハシゴを使用して地下に入り、野菜物など何か月も貯えることができました。アルバータ州の地下は夏冬と使用して、とても便利な地下室でした。野菜類等は相当長い期間置いておいてもカビが少し出ているくらいでした。ほとんどの家には、床下冷蔵庫がありました。

それから水の不便はどの家も同じでした。飲み水はトラック一台分がいくらといって注文して、二、三日中にもってきてくれました。米や野菜を洗ったりするのは、また別の灌濯用の水を大きな木のタンクに暇を見てバケツに何度も運んできて、その水の澄んだところを軽く汲んで使用して居りました。

そして、ラジオで毎日朝晩ＮＨＫの海外ニュース、また米加の戦争ニュースもよく聞いておりました。

どちらも戦争は勝利のニュースだけで我々もいくらか不思議に思いながら聞いていました。日本人の血をいくらか持っている日系人は誰も皆日本が負けていくなんて、まして敗戦の様子があちこちあるのを聞くと日本の皆さんに負けないくらいの悔しさを感じました。いや、感じ続けていました。そして、本当の日本の敗戦、天皇の玉音放送もラジオを通じて聞きました。

＊＊＊

カナダ政府の過酷な仕打ちや不自由な収容所生活に何年も耐えてきた日系人は、いつかは日本が戦争に勝って、この収容所から助け出してくれる日が来ると信じていた人たちが多かった。

しかし、「日本が負けた」との報にこれから先のわずかな望みも断たれ、行き場のない怒りや悲しみ、絶望感で胸が一杯になった。一年中働き詰めだった髙﨑氏は、戦争中に四人の子供に恵まれた。

市郎のように日本とカナダに引き裂かれ、単身で働く日系人もいたが、これから先いったいどうなるのか見当もつかなかった。いつかは家族に会える日が来るだろうと淡い望みを託すばかりだった。

第十一章　終戦

戦争が終わっても日系カナダ人の生活はすぐには元に戻れなかった。カナダ政府は、戦後収容所にいた人たちに西海岸に戻ることを許さず、ロッキー山脈より東に移動するか、日本へ帰るかのどちらかを選択するよう迫った。そのため、英語がよくわからずにサインしてしまった約四〇〇〇人の日系カナダ人はカナダ国籍をはく奪され、日本へ送還されることになった。英語をよく話せず文字も理解できなかった日系一世の人たちは、英語のできる子供たちと引き離されていたため、書類の中身がよく理解できないまま帰国する書類に強引にサインさせられたのだった。

この頃には、日系人はイロコイやモントリオールなどの東部の各地に移転したり、ロッキー山脈の麓の砂糖大根の畑などで重労働に喘ぎながら分散したりして住んでいた。

幸則は家族をアルバータに残してオンタリオのネイデという町に電力会社のダム作りのため、出稼ぎに行った。時給一ドルはその頃ではかなりいい条件だった。冬場の半年をダム作りに、夏場は農場で働いた。電話もなく時折家族から届く手紙が、雪に囲まれた山の中での唯一の慰めであった。市郎も幸則と共にダム作りに専念したが、日本の家族との手紙のやり取りはできなかった。

終戦を迎えると、日系人たちはキャンプから追い出され、林家はスローカンに移転した。

カナダに渡ってきて四十年以上経つ林家は、日本に帰国しても頼るところはなかった。四人の子供を連れて翌年五月にアルバータのダイアモンドシティーへ移った。そこの砂糖大根畑で雇われ農業労働者になった。廃坑の町の崩れかかった小屋が住まいだった。林一家はこの小屋を目の前にして声も出なかった。隙間風が入り込み、小屋の中はゴミだらけだった。床に積もった土埃を掃除するところから生活が始まった。雨漏りで床はボコボコになっていて大きな穴が空いていた。こんな所ではまだ幼い子供たちの健康によくないとできる限りの小屋の補修をし、少しでも住みやすい家に作り替えていった。

アルバータで雪山を眺めながらの貧しい生活が続いた。何も事情がわからない子供たちは、冬は手作りの小さな橇に乗って雪原を走り回ったり、夏は公園でブランコに乗って遊んだり楽しく過ごしていた。

「安い生地があったから買ってきたの」

ある日文江が町で見つけた生地で子供たちにおそろいの夏のワンピースを作った。農場の奥さんにミシンを借りて縫ったワンピースを子供たちに着せて七月一日の独立記念日に皆でピクニックに出掛けた。久しぶりに家族そろっての休暇だった。子供たちはとっても喜んで花が咲き乱れた岸辺で一日ゆっくり過ごした。その姿を見て、やっと少し平和が戻ってきたような気がした。慣れない畑仕事は過酷だったが、正雄も子供たちの無邪気な笑顔に救われる毎日だった。

一九四九（昭和二十四）年まで戦時措置法が延長され、日系カナダ人はカナダ国内での自由な移動が認められなかった。林一家のようにカナダに残る選択をした人たちが西海岸に戻ることを許されたのは、一九四九（昭和二十四）年四月であった。

「おい、やっとここから出られるぞ」

正雄が嬉しそうにそう言って帰って来た。その年十一月、林一家は文江の妹たち家族と共にアメリカとの国境近くのグリーンウッドに移り住んだ。そこでモックカフェを開き、姉妹で店を切り盛りした。奥地に住んでいた日系人たちがバンクーバーへ戻るには、一度は必ず立ち寄り一泊するような場所だったのでカフェは繁盛した。またいろんな情報の交換場所でもあった。先にバンクーバーへ戻った人たちから再就職の話などが聞けた。正雄は単身バンクーバーへ行き、仕事の当てを探した。失った船は取り戻すことができなかったが以前勤めていた缶詰工場に行き、昔からの知り合いの工場長と話を付けることができ、船を借りて操業を開始した。文江たちはグリーンウッドに残り、カフェを続けた。

リッチモンドに戻って来た日系人の漁師の活躍で缶詰工場が軌道に乗り、工場内に家族用の住宅が建設された。一九五二（昭和二十七）年、家族全員でスティーブストンへ帰ることができた。正雄は漁に、文江は缶詰工場で働きながらの生活だった。いつかはまた家を買いたいと身を粉にして働いた。

一九五五（昭和三十）年、やっと念願の家をスティーブストンに買うことができた。中古の家だったが、あちこち手を入れて家族六人が暮らすには十分だった。家具はすぐに手に入らなかったが木箱を並べてベッドにしたり、自分で簡単なものは手作りしたり、中古を買ったりしながら、少しずつ揃えていった。

翌年四女ロビンが誕生した。年の離れた妹に兄姉たちは驚いたが、大きな喜びでもあった。その翌年には正雄は長年の夢であった自分の船をもつことができた。生まれた赤ちゃんにあやかって、「ロビンM」と名付けた。ロビンに手がかからなくなると文江はまた缶詰工場で働きだした。こうしてまた日系カナダ人に前のような普通の暮らしが少しずつ戻ってきた。

シマは丸焼けになった鹿児島市で家族と共に生き延びるのに精一杯で、手紙を書く余裕もお金もなかったのだ。日本中に物がなかった。紙も鉛筆も。郵便局は焼かれ、鉄道も電車も橋も道路も何もかもが破壊された。原爆を落とされた広島、長崎だけではなく、日本各地が空襲でやられたので日本中のインフラは壊滅状態だったのだ。

市郎は、鹿児島にいる家族のことが気がかりだったが、鹿児島は焼け野原だと聞き、日本に帰っても住む家も働き場所も無いかもしれないと思った。それならカナダに残って働いてお金を貯めて、いつかは家族をカナダへ呼び戻そうと決心した。冬はダム建設、夏はアルバータの農場で働き続けた。

そしてついに日本から手紙が届いた。家族全員無事に元気に何とか生活をしているとの便りにほっとした。家族からの手紙に励まされたが空襲で焼け野原になった鹿児島市を想像すると、どうやって生計を立てているのか家族のことが心配で居ても立ってもいられなかった。カナダからの手紙はまだ検閲を受けていたので、思うようにカナダの様子を書くことはできなかった。しかし、家族と連絡が取れてからは、少しずつではあったが鹿児島へ送金ができるようになった。家族に会うために早くお金を貯めなければと、市郎はより一層仕事に励んだ。戦争が終わっても、まだまだ日本とカナダに引き裂かれた家族の苦難は続いた。

シマは、母親と四人の子供を抱えて必死だった。鹿児島は焼け出された失業者や外地からの引揚者が多く、いい仕事は見つからなかった。それでも日銭が稼げる仕事は何でもやった。瓦礫の片付け、新しい家造りの手伝い、重労働ばかりで大変だったが、深雪が家のことなどを手伝ってくれるので助かった。狭い裏庭には、芋や大根を植えた。美智子と克明は、鉄くずがお金になると聞いて、学校が終わると焼け跡を歩き回り鉄くずを集めて広場へもって行った。重さを量って、わずかな駄賃をもらった。日本中が焼け落ちたので、再建するにも鉄は貴重だった。いよいよ食べ物が尽き果てると、シマは幼い純子を連れて貴重な着物を売りに行ったこともある。汽車に乗り田舎に行き着物を米や野菜と交換した。その米を売ってお金に替え生活に必要なものを買ったり、もっと安い野菜を買ったりして、子供たちのお腹を満たした。

そんなある日のこと、

「おい、待て」

お巡りさんに止められ、純子は握っていた母の手をギュッとつかんだ。田舎の石ころだらけの道をテクテク歩いて帰っている時だった。

「その背負っている荷物は何だ」

シマは怯えて俯いた。

「中身を出して見せろ」

シマは観念して、リュックを背から下ろすと、開けて中の物を見せた。

「これは何だ、着物か何かと交換したんだろう。物々交換は違法だと知っていてやっとるのか」

シマは小さくなって怯えたが、

「年寄りと、子供五人抱えて、食べるものがなくて困っているんです」

やっとそれだけ言うと、

「今日の所は見逃してやるが、次は豚小屋行きだからな、米は没収する」

お巡りさんはそう言って、せっかく手に入れた貴重な米をシマのリュックから情け容赦なく全部取り上げた。

シマは泣きそうになったが、純子の手前泣くわけにもいかず、肩を落としながら暑い日差しの中をまたテクテク歩いて帰った。悔しくて、悔しくてたまらなかった。背に腹は代えられず、生き延びるために何度か物々交換をして糊口を凌いだ。

ある日目を付けられていたのか、とうとう同じお巡りさんに捕まり、純子共々牢屋とは名ばかりの豚小屋のような所に入れられてしまった。汚い小屋には似たような親子連れが何人か投げ込まれていた。夫が戦死した人やまだ復員して来ない家族にとって生きるのは必死だった。臭くて汚い小屋で純子はシマの膝に頭を置いて眠った。シマは、うつらうつらしただけで横になって眠ることはできなかった。翌朝目覚めると、名前や住所を聞かれ母親が迎えに来て、ようやく出ることができた。

「バカだねえ」

母親はそう言って書類にハンコを押した。継ぎはぎだらけの服を着た子供たちが全員、心配そうに外で待っていた。深雪が駆け寄った。

「お母ちゃん、純子大丈夫だったか」

「ごめんね、心配かけたね、もう大丈夫だから安心してね」

シマは疲れた顔で子供たちに言って、心配かけまいと無理に笑った。それでも懲りずにシマは食料確保のために何回か捕まりながらも闇商売を続けた。

翌年満州から叔父一家が帰国してきた。叔父は足に大怪我をしていた。狭い家では大変なのでシマたちは母の家を出て荒田町の掘っ立て小屋に移った。しばらくすると鴨池町に小さな家を見つけて移った。台所の土間に井戸が掘ってあり、家の中はいつもじめじめしていた。ナメクジが家の壁を這っていた。ナメクジを見つけると塩をかけて小さく硬くなったら外へ捨てた。シマは肉体労働や縫物などをしながら四人の子供を育てた。

十歳になった純子は家の手伝いができるようになった。ご飯を仕掛けるのは純子の仕事になっていた。学校から帰ると手を洗って、升でお米を掬って釜に入れ慎重に三回米を洗う。慣れない頃、米のとぎ汁を捨てて叱られたことがある。

「とぎ汁はこの鍋に入れて。これで大根を煮てあく抜きをするのよ。煮汁はあとで茶碗洗いに使うからね」

とシマに言われた。公共水道もまだ完備されていなかったので井戸水は貴重だった。スポンジという便利な物がまだない頃で、近くの小川で藁を丸めて釜をごしごし洗った。シマの帰りが遅いと薪をくべてご飯を炊いた。火熾しが下手で何度教わっても上手に火が熾きないので姉たちに熾してもらった。あとの薪の火の具合は、近くに座って本を読みながら時々様子を見て、火を小さくしたり大きくしたりした。底に御焦げができてしまうが、これがまた香ばしくて美味しかった。

春になると皆でバケツをもって近くの浜まで行き、バケツ一杯貝を拾ってきて貝汁を作った。シマは戦争が始まる前に市郎も一緒に行った万世の春の貝掘りを時々思い出しては、大きくなった子供たちを早く市郎に会わせたいと願った。

一九五〇（昭和二十五）年に市郎がやっと旅費を貯めて、鹿児島へ家族に会いに帰ることができた。あちこち探し回ってやっとシマたちの住んでいる家を訪ね当てた。

市郎は、小さな家の前に座って本を読んでいる純子に声を掛けてきた。

「純子か、カナダのお父さんだよ。もう十歳になったのか、もっと早くに会いたかったよ。皆も大きくなったんだろうなあ」

「この人がお父さん？」と不審がる純子を、

「よいっしょ」

と高々と抱き上げながら市郎が言った。十歳になっていた純子は、その時に生まれて初めて父親に会えたのだった。

「お父ちゃん」

純子が遠慮がちに小さな声でそう言った時に子供たちが家から出てきて一斉に、

「お父ちゃん」

と大泣きして市郎に抱きついた。シマもそんな騒ぎに家事の手を止めて外に出てきた。十年を超える歳月ですっかり年老いてしまった市郎の姿を見ると、

「ああ、長い間おやっとさあでごあした」

シマは深々と頭を下げてそこに蹲る(うずくま)と、はらはらと涙を流した。シマのほつれ髪には白髪が混じっていた。子供たちは全員、継ぎはぎだらけの服を着ていた。市郎はそんな家族の姿に胸が締め付けられる思いだった。

久々に父親を囲んだ夕食は少し神妙な気持ちがして、でも込み上げる喜びを誰も止めることができなかった。積もる話はいっぱいあったが、皆それぞれに思いついたことを勝手に話していた。

その夜、皆が寝静まった後で久しぶりに畳の部屋の布団にもぐり、市郎はやっと日本に帰国できた気がした。

「長い間苦労かけたなあ、みんな元気で何よりだった」

市郎のしみじみとした言葉にシマは今までの苦労が吹き飛ぶような気がして、市郎の胸にしがみついて泣いた。市郎はそんなシマを優しく抱きしめた。十年の間に二人ともすっ

かり老け込んで、皺は深く刻まれていた。歯医者にも行けなかったので何本か歯は抜け落ちていた。

家族をカナダに呼び寄せるには、まだまだ時間がかかりそうだった。ある程度の貯金と呼び寄せに必要な家族全員の旅券の準備、そして旅費を稼がなければならなかった。市郎は心を日本に残したまま、必ず迎えに来るからしっかりと勉学に励むようにと子供たちを諭して、またカナダへ戻った。

シマはこのまま日本に住んでもいいと思うこともあったが、家族全員がカナダ国籍ということもあり、このまま日本にいても子供たちは将来選挙権もないのだと気づいた。

「よし、またカナダに戻ろう」

シマはそう決心して横浜まで出向き、旅券発行などの諸手続きに追われた。

一九五二（昭和二十七）年、やっと一家はカナダに戻れることになった。市郎が迎えに帰って来たのだ。長男克明は高校を、次男逸郎は中学、純子は小学校を卒業した直後だった。子供たちの学業の区切りもよかった。カナダに渡るにあたって市郎とシマは市次を説き伏せて、市次に預けていた逸郎をわが手に取り戻すことができた。

「お前だけを万世に置いてきてしまって本当に悪かったね。お母さんを許してね、あの時はああするしかなかったんだよ」
シマは何度か逸郎にそう言って謝った。あの時は、一家の主であった市次に抗うことはできなかったのだ。幼かった逸郎はその時の記憶はあまり残っていなかったが、家族全員で暮らせるようになったことが嬉しかった。でも時々なぜ自分だけ家族と引き離されたのだろうと、不思議に思うことがあった。

長女の深雪は婚約者がいたので結婚式を挙げて鹿児島の吉野村に残ることになった。今度いつ会えるかと涙ながらの別れであった。克明が卒業した高校を深雪の長男克博や紗季や晃司たちも後に卒業した。克博は紗季たちの同級生だったので、なおさら御縁を感じた。

やっとカナダで家族そろって暮らせる日々が始まった。工場内の狭い社宅だったが、日本に比べたら食べ物も豊富で文句のない生活だった。

戦争中、日本国内では英語は敵国語ということで使用を禁止されていた。英語の勉強をしていなかったので純子はカナダでは語学の遅れから小学四年生に編入になり、英語をマスターするまで一年間は重たい辞書を片手に通学した。高﨑幸則の娘久美子と同じクラスになり、仲のいい友達になった。頭のいい純子はすぐに英語を話せるようになり、二年飛びで中学に上がることができた。中学・高校は林家のジュデイと同じ学校だった。

中学校はリッチモンド市の北東にあり、電車での通学だった。その頃はナンバー1とモンクトン通りが交わるスティーブストンパークの辺りが電車の終着駅だった。そこから斜め東に電車はゲーリー通りとレイルウェイアヴェニューの交差点の駅に向かい、レイルウェイアヴェニューに沿って北上した。グランヴィルアヴェニュー沿いに右折すると電車は東に向かった。市の中心街のリッチモンドセンターを過ぎると電車は左折してガーデンシティロードを北上する。中学校はキャンビーロードに沿って市の最北端にあった。家から全く真逆の場所だった。それでも行き帰りの電車の中で友達と話しながら過ごす時間は楽しかった。

進学したリッチモンド高校はリッチモンドセンターの近くだったのでブリッジハウスで下車した。純子が高校三年生になるとこの電車は廃止になったので最後の一年間はバス通学だった。貨物列車の線路がフレーザー川近くまで延びて、純子一家が住んでいた缶詰工場の社宅の下まで来ていた。社宅の子供たちは、いつも軌道の枕木を飛び越えるように歩いて通学した。帰りが遅くなると街灯も無い草ぼうぼうの道が怖くて走って通り過ぎた。

純子たちより一年遅くカナダにやって来た田中弘之も同じクラスだった。純子と同じように日本で生まれ、長い間お父さんに会えなかった。

一九一五（大正四）年弘之の父孝雄は日系二世としてスティーブストンで生まれた。日本で見合い結婚して先に孝雄がカナダへ帰った。母の清子が渡航の手続きをしているうちに戦争が始まり、とうとうカナダに渡ることができなくなってしまったのだ。身重の清子は弘之を産むと父親の故郷三尾村の実家に移り、皆にお世話になりながら弘之を育てた。弘之はカナダ国籍ということもあり、純子一家と同じような目に遭った。貧しい零細な漁村である三尾村での生活は過酷だった。山手の畑を耕し、いろんな果樹を植えて飢えを凌いだ。

戦時中は二十四時間海水を煮詰めて塩を作り、兵士へ供給しなくてはならなかった。また兵士の馬のために枯草を刈って提供する仕事もあった。

戦争末期に三尾村にB29が飛来し爆弾が落とされた。その頃は働き手の男たちはほとんど戦争に行ったままだったので、老人・女・子供たちで必死になって消火に当たった。

一九四六（昭和二十一）年、終戦の翌年に南海地震が起きた。三尾村は津波に襲われ壊滅的な被害を受けた。すべてを失い、生き残った三尾村の人々は身も心もボロボロだった。

それでも何とかして生きなければと必死だった。

幸い、弘之たちは山手の家に住んでいたので津波の被害は免れた。

戦争が終わってもすぐに孝雄は迎えに来られなかった。清子は生き延びるためには、どんな肉体労働も惜しまなかった。新鮮なイカを服の中に隠して大阪まで売りに行ったこともあった。途中それが見つかり、全部取り上げられたこともあった。辛い毎日だった。

三尾の学校には、何人かカナダ国籍の子がいたが、弘之は誰にも負けたくないと努力して成績はいつもトップだった。

孝雄は、市郎たちと同じようにマニトバの砂糖大根農家でずっと働き詰めだった。戦後初めて家族と連絡が取れたのは、一九四六年八月だった。手紙は途中で何度も検閲を受けるため、思うように実態を知らせることはできなかった。孝雄はバンクーバーに移り、漁師のライセンスを取得して漁業に励んだ。稼いだ金を貯めて、ようやく帰国の目途がたってきた。

一九五〇（昭和二十五）年やっと日本に帰国し、家族と会うことができた。初めて会う息子は十歳になっていた。久しぶりに会う妻もそして夫も、結婚当初の若さはもうなく、それぞれに苦労の年輪が顔に出ていた。すぐにカナダへ連れて帰りたかったが、カナダへの渡航手続き等、いろいろと時間がかかった。日本へ家族を迎えに行くことができたのは、一九五三（昭和二十八）年だった。弘之は大きく成長し、十三歳になっていた。京都大学を目指すほどの秀才だった。

カナダに渡ってからも弘之は勉学に励んだ。漁業の道に進まず、努力して歯科医師になった。英語力が劣っていたので、それまでの道のりは遠く根気のいるものであった。

純子たちのように日本から戻ってきた人たちは、「帰加二世」と呼ばれた。英語はよく通じず、昔ながらの三尾弁を話す日系カナダ人の言葉にもなじめなかった。帰加二世は何かあるとよく固まって話をした。そして彼らのうちの誰かが何か悪いことをすると、「帰加二世がまた何か悪いことをして」と周りから同じ目で見られるのが辛かった。

純子より六歳上の長兄克明は、すでに日本の高校を卒業した後だったが、英語の勉強のために小学校に入れられた。英語が話せないことには、カナダでは暮らせないとの親の思いであった。そして、製図の勉強をし、大きな橋や建物を設計する事務所で働いた。

逸郎は中学卒業後にカナダへ渡り、英語が話せないので英語だけ小学一年のクラスに入れられるという屈辱的なこともあった。一年間で英語をマスターすると努力してカナダの商業学校を卒業した。逸郎は英語の会話が上手でなかったせいか、なかなかいい職に就けなかった。スティーブストンから遠く離れた北のクイーン・シャーロット島まで仕事を求めて働きに行った。

戦争のために引き裂かれた家族や抑留生活が長かった日系人たちにとって、たまの日曜日に家族全員で電車に乗ってバンクーバーの町までショッピングに行くのが楽しみだった。電車はリッチモンド市を過ぎて川を渡ったマルポールが終点だったので、そこからはバスでバンクーバーのショッピング街に向かった。成長の早い子供たちの服を選んだり、みんながよく行くホワイトレストランでランチを食べたりして一日中笑い転げて過ごした。帰りの電車に乗り込むと、すっかり疲れ果てて終点まで寝込むこともあった。

純子は高校を卒業してしばらく働いたのちに一九六三（昭和三十八）年、漁師の浜田シュガーと結婚した。

シュガーは祖父の代にカナダに渡った日系三世だった。父親の礼二は幼い頃に別れた母親のもとに戻り愛媛県で育ったが、父親が亡くなると家督相続のためにカナダへ呼び戻された。

一九三三（昭和八）年、礼二は広島出身の村上千代子と結婚し、カナダへ渡った。カヌー・パスで漁を始めるが、後にスティーブストンの缶詰工場の住宅に移り住み、子供五人に恵まれた。シュガーは浜田家の次男として一九三五（昭和十）年八月スティーブストンで生まれた。

戦争が始まると浜田一家もロッキー山脈の麓に追いやられ、スローカン、レモンクリーク、ヴァリカンと移り住んだ。シュガーたち家族は収容所として建てられたバラック小屋に住んだ。礼二は森林を切り開く重労働が続いた。

収容所では誰でも入れるように共同の大きな五右衛門風呂を皆で作った。子供たちの教育は少し心得があるものが、それぞれの得意分野を教えた。子供たちはすぐに環境に慣れ、新しい生活を楽しむ術を心得ていた。だから、シュガーは抑留生活を苦労とは思わなかった。母親たちは料理教室を開いたり、暇な老人は碁を打ったりと戦争中でも心の余裕があった。空襲などから逃げ回る心配がなかっただけ、老人・婦女子にとっては、カナダに居る方が安全でよかったかもしれない。

終戦直後、収容所にいた日系人は帰国させられた人が多かった。浜田一家も全員で日本へ帰る手続きをしていたが、やはりカナダに居た方がいいと直前で取り止めた。日本の様子が少しずつわかってきて、食べるものがないほど困窮していると知ったからだ。カナダに残ったほうが家族皆で生き残れると確信したのだ。またいつか必ず鮭漁ができる日が来ると信じていた。礼二は根っからの漁師だった。

一九五一（昭和二十六）年、礼二はやっとバンクーバーへ戻り、またスティーブストンの缶詰工場で働き始めた。そして、念願の鮭漁を始めた。日系漁師が活躍し始めると、缶詰工場に前の活気が戻り、工場は家族が住める社宅を作った。翌年家族全員を呼び寄せ、新しい生活が始まった。高校を卒業するとシュガーも一緒に鮭漁を手伝った。シュガーは体を動かすことが大好きで、船に乗って漁をしている時が一番幸せだった。この頃は大学を卒業しても日系人はいい職に就くことができなかった。

父親同士も知り合いだったので純子とシュガーの結婚は、両家にとって大きな喜びに包まれた。特に市郎は息子二人が漁師の道に進まなかったのでシュガーをもう一人の息子のように可愛がった。

一九六五（昭和四十）年七月、フレーザー川の鮭漁が久しぶりに解禁になった。商業漁業は勝手に獲ることはできない。この日は絶対に大漁になると確信があった。その生暖かい風が吹く朝に、純子は産気づいた。

「私のことは大丈夫だから、早く漁に行って」

陣痛の痛さを顔に出さずに気丈夫に純子はそう言ってシュガーを送りだした。病院には母親のシマが付き添ってくれた。何時間かの陣痛の後で元気な産声が聞こえた。純子はその泣き声を聞くと体中の力がいっぺんに抜けて、ようやくほっとした。

その日、シュガーは滅多にない大漁だった。元気な男の子に恵まれ、シュガーも純子も誇らしかった。小さなアパートで親子三人の生活が始まった。翌年長女を授かり、純子たちは一男一女に恵まれた。シュガーの漁も順調だった。

手元が器用なシュガーは幸則に学びながら大工仕事もできたので、家の設計や建築もいろいろ工夫しながら今の家を建てた。一軒分の敷地に平屋の大きな家を建てた。庭が広かったので後に増築し、歌の上手な純子のためにカラオケルームを作り、二階に主寝室をつなげた。

広いバックヤードには四季折々の花や果樹を植えた。果物は一度にたくさん採れるので、ジャムを作って知り合いに配った。

第十二章　日系カナダ人の補償問題

太平洋戦争中にカナダ政府が日系カナダ人に対して行った様々な人種差別に対して、戦後日系人たちはいろんな運動を展開した。ドイツ人やイタリア人は同じ敵国人であったにもかかわらず、白人ということで強制的に収容所に入れられたり財産をすべて没収されたりということはなかった。明らかに黄色人種に対する差別であった。

黄色人種の勢力が伸長するのを白色人種が見て「禍」と評する語を「黄禍」と言う。現在のコロナ禍でも北米や欧州などでアジア系市民に対する差別や偏見、ヘイトクライムや暴力が繰り返されている。道路を普通に歩いているアジア人をすれ違いざまに突き飛ばし何度も足蹴にする。初対面の人の顔にいきなり瓶に入った酸を浴びせかける。石の入った靴下で顔面や頭を殴りつける。ハンマーで殴り掛かったり、刃物で切り付けたり、銃を発砲し命を奪う。こんなことが今でも平然とまかり通る世の中なのだ。体を傷つけられた人たちや命を奪われた人たちの家族の心は、どんなに深く傷ついているだろうか。新型コロナが終息したとしても「黄禍」は消えることはないだろう。何故ならもう百年以上前から続いている、あからさまな人種差別なのだから。

戦後日系カナダ人が始めたリドレス（補償）運動と呼ばれる闘いは、混迷し長引いた。一九七七（昭和五十二）年に「全カナダ日系人協会（ＮＡＪＣ）」を立ち上げ、ゴードン・カドタ二世が初代会長に選ばれた。沈黙の世代と言われる日系一世の会「全国リドレス委員会（ＮＲＣ）」の会長ジョージ・イマイとの意見の対立もあったが、何とか統一を図り政府に対して意見書を作成した。

一九八四（昭和五十九）年に、「Democracy Betrayed The case for Redress（民主国家を暴く補償のための裁判）」という二十六ページに渡る意見書をカナダ政府に突きつけ、全日系人への補償を要求した。

その前年に日系カナダ人のジョイ・コガワの著書『ＯＢＡＳＡＮ』（日本語の翻訳書では『失われた祖国』）が出版され、ベストセラーとなった。この本に書かれてあった日系人に対する差別や、山間部の強制労働に追いやられ、収容所に入れられた当時の日系人の苦難の様子が広く知れ渡ったことも、解決の一つの糸口になった。

一九八八（昭和六十三）年八月、長い闘いの末にやっと補償を勝ち取ったのであった。実に戦後四十三年も経って、カナダ政府は公式に謝罪し、全生存者に対して、一人あたり二万一〇〇〇カナダドルの補償を約束したのであった。これには、日系人が受けた差別や経済的打撃と共に、家族が長い間離れ離れに暮らすことになった精神的補償も含まれていた。また、一九四一〜四九年の戦中戦後に強制的にカナダを追放され、日本に帰国せざるを得なかった人たちに対して、希望すればカナダに戻り市民権を得ることも保障した。純子たち兄弟姉妹のように、カナダと日本に引き離され、長い間カナダに戻ることができなかったカナダ国籍をもつ人たちにも同じように補償金が出たのである。結婚して鹿児島に住んでいた深雪たちのように、日本に帰ったままカナダに戻らなかった人たちにも全員同じように補償金が支給されたのであった。しかし、「沈黙の世代」と言われる一番苦労をした一世・二世の人々は、大方この世を去った後であった。

戦後に生まれた子供に対しては、同じように苦労を共にしても何の補償もなかった。

ここに改めて、「補償問題合意書」を述べておく。

補償問題合意書

カナダ人は国民として人種及び民族的起源を問うことなく、万人の平等と正義を保障する社会を創造することを明言する。

第二次世界大戦中及び戦後、その大多数がカナダ市民であった日本人を先祖とするカナダ人は、カナダ政府が日系人社会に対して行った前例なき行為によって損害を被った。当時軍事的に必要だと考えられていたとしても、第二次世界大戦中の日系カナダ人の強制移動と収容、そして戦後の強制送還と追放は不当なものであった。

振り返って見ると、選挙権剥奪、抑留、個人及びコミュニティーの財産の没収と売却、追放、強制送還、行動の自由の制限と戦後まで続いた政府の政策は、人種的差別思想に影響されたものであった。収容された日系カナダ人は、その財産を清算させられ、売却収益は自分たち自身を収容するための経費に当てられたのである。

これらの不正義を認知することは、過去に行われた越権行為が非難されるべきものであり、カナダにおける正義と平等の原則が改めて確認されるべきものであることを、全カナダ人に告知する。

それ故に全カナダ人を代表してカナダ政府はここに次のことを行うものとする。

一　第二次世界大戦中及び戦後の日系カナダ人の取り扱いは不当なものであり、今日理解されているように、人間としての権利を侵害するものであったことを認める。

二　政府に許されている最大の権限をもって、同様の事態が再び起こらないように務めることを誓う。

三　多大の圧迫と苦難にもかかわらず、カナダへの献身的姿勢と忠誠を保持し、国の発展に多大な貢献をした日系カナダ人の不屈の精神と決意を大いなる尊敬の念をもって称賛する。

カナダ首相　ブライアン・マルルーニ

こうして日系カナダ人の長い間の闘い「リドレス運動」に、ようやく幕が下りたのであった。

＊＊＊

《髙﨑幸則氏の手記より》

一九八八（昭和六十三）年九月二十二日、画期的な補償問題解決を達成することとなりました。一人二万一〇〇〇カナダドルが支払われることとなり、一九八九（平成元）年には涙金として日系人は大抵政府から補償金を受け取りました。

移動を始める時の不安とか、将来の不安があんな形で補償を受けるとは。

（二万四〇〇〇人の生存日系人に対して、各個人に二万一〇〇〇ドル、日系コミュニティーに対して一二〇〇万ドル、計三億六〇〇〇万ドルの補償が出たのである）

ただし、一九八八年以前に死亡した人も相当居ります。うちの家族も我々二人と上の四人の子供は、皆それぞれ月日は違っても政府のチェックをもらいました。後の二人は一九五四（昭和二十九）年と一九五八（昭和三十三）年の戦後生まれなので、何ももらうことはできなかったけれど、我々夫婦から二人には五〇〇〇ドルずつくれてやったし。兄姉たちからも一〇〇〇ドルずつもらったので、一九九〇（平成二）年正月には泣いて喜んで居りました。

＊＊＊

一九九〇（平成二）年のお正月は、日系カナダ人にとって共に涙を流し、また肩を抱きあった忘れがたいお正月であった。日本人の心をもちながらも、カナダ人という自負もある人たちであった。補償金をもらった多くの日系人たちは、戦後生まれのもらえなかった弟妹や子供たちに分け与えて喜びを分かち合った。

アメリカ国では、一九四二（昭和十七）年二月十九日にルーズベルト大統領が署名した大統領令により、日系米国人約一二万人が海岸から離れたロッキー山脈の麓などの奥地や砂漠地帯など、十か所の強制収容所に入れられた。出自が日系人というだけで、十六分の一の日系人の血が流れている人たちも「敵性外国人」と見なされたのだ。ここでも数年間に及ぶ過酷な収容所生活が待っていた。食料も十分ではなく、病気も蔓延した。一九八八

（昭和六十三）年に、アメリカ政府を代表してレーガン大統領が過ちを認め謝罪するまで日系アメリカ人たちの果てしない名誉回復のための運動が続いた。

＊＊＊

補償金をもらい、シマはやっと大きな心の重荷が下ろせたような気がした。

「お父さんこれでやっと、日系カナダ人の苦労が報われましたよ」

市郎の遺影にシマは語り掛けた。そして、市郎の好きだった鮭のつけあげと焼酎を供えた。


一九七七（昭和五十二）年、市郎はこの年を最後にしてリタイアしてゆっくり老後を楽しもうと計画を立てていた。長年苦労をかけたシマを連れて鹿児島へも帰り、桜でも眺めたいと思っていた。梅雨のないカナダの六月は、いろんな花が咲き乱れ涼しい風が吹いていた。

六月二十日、市郎はその最後の北の漁場、ＢＣ州のバンクーバー島へ向かった。船で北上すると、ＢＣ州沿岸に突き出た岩肌に雪解け水が滔々と音を立てながら滝となって海に流れ込んでくる。

「もったいないのう。この豊かな美味しい水を、どこか水不足で困っている砂漠の国にでも輸出できないものかのう」

市郎はそう呟きながら、船を岩の方へと舵を切った。差し込んだ日が滝の水しぶきに当たり、アーチ状に虹が現れた。

「見事な虹だ。美しいのう」

市郎は思わず感嘆の声を上げて虹を仰いだ。

そして、リバース・インレット（Rivers Inlet）で市郎は行方不明になった。

岩にぶつかりながら港に帰る市郎の船をおかしいと感じた近くにいた僚船が何艘か近づいてみると、船には誰も乗っていなかった。事故だったのか、心臓発作か脳梗塞になったかはっきり分からないまま現在に至っている。七十二歳だった。

市郎が最後に見た風景は何だったのだろう。風は南風。ＢＣ州は、これから一番いい漁の時期を迎える季節だった。北へ向かっていた僚船は、すぐに家族や関係者へ連絡した。船の保険会社が市郎の船をスティーブストンまで曳航してきた。

シマは船に残された市郎の遺品を整理しながら、いつも舵の近くに置いてあった少し黄ばんだ写真を胸に抱いた。それは、戦後一時帰国した時に市郎が日本を発つ前に撮った、家族全員揃った写真だった。

「お父さん、どこに行ったのですか？　どうして私を置いて一人で遠くに行ったのですか？」

シマはどうしてもこの現実を受け入れることができず、ただ茫然とフレーザー川を眺めた。岩にぶつかり傷ついた船はもう使い物にならないと後に保険会社により解体された。

市郎の葬式の時に、幸則に涙ながらに言われた言葉を純子は忘れられない。

「お前たちのお父さんがどれだけ苦労したか、どんなに辛い人生だったか、お前たちは知る由もなかろう」

市郎は農作業と漁で鍛えられて、肩幅が広くがっちりした体だった。無口な市郎は、戦中戦後の苦労話は家族にはほとんど話さなかった。鹿児島で空襲に遭い焼け野原で生き延びてきたシマや子供たちには、もっと大きな苦労をかけたかもしれないという負い目があったのだ。そしてそんな大変なときに、そばに居て家族を守ってあげられなかった自分が悔しかったのだ。

シマは市郎の死から十二年後の一九八九（平成元）年十一月、生まれつき心臓が悪かったので、勇気を奮いおこして受けた手術中に亡くなった。七十九歳だった。

ちょうど紗季と晃司が何年かぶりにバンクーバーを訪れた時で、純子を訪ねると母親を亡くした直後で、

「母が心臓の手術中に亡くなって、あんなことになるのだったら無理に手術を受けさせなければよかった」

とかなり落ち込んでいて、何て励ましたらいいのか言葉もなかった。

モンクトン通りの西端、フレーザー川の河口を望む場所にギャーリーポイントパークがある。シマは生前何度かその辺りを訪れては、一人沖を見つめて市郎を偲んだ。

シマはやっと市郎と一緒になれたのだろう。

「ほら、お父さん、あんなに鮭が真っ赤になって遡っていますよ」

「おお、今日もきっと大漁だ」

シマと市郎の魂は、予期せぬ死にフレーザー川の辺りを彷徨いながら、まだ鮭を追いかけているかもしれない。

一九九六（平成八）年に海難事故で亡くなった人たちのために、「スティーブストン漁

民記念碑」がそのギャーリーポイントパークに建立された。そこに、「田畑市郎」の名前も刻まれている。

公園には二五五本の「あけぼの桜」が植えられ、染井吉野桜より少しピンク色の濃い花を咲かせる。春になれば満開の桜の下で桜祭りが開かれる。日本の文化である生け花、お茶、着付け、盆栽などのブースが置かれ、櫓（やぐら）の上では日本舞踊や太鼓を見ることができる。日系カナダ人たちは友人家族集まって、亡くなった人を偲びながらお花見を楽しんでいる。

＊＊＊

シマが亡くなった年に、紗季たちは林のお父さんお母さんと、ジュデイが嫁いだグリーンウッドに飛行機で飛んだ。ジュデイの再婚相手のケイヤの両親は、終戦後もバンクーバーへは戻らずにグリーンウッドに住み続けた。ケイヤは両親が亡くなるまで、結婚もせずに親の面倒を見てきた。歌の好きな二人はカラオケクラブで知り合い、また第二の人生を共に手を取り合って歩き始めていた。看護師のジュデイは日本語が話せるので、グリーンウッドで元気に生きている日系カナダ人にとって、とても頼りになる存在だった。

モックカフェはもう無くなっていたが、グリーンウッドの紅葉は美しかった。大きなメイプルリーフの葉が舞い降りて、道路端は落ち葉で埋まっていた。近くを流れるクリークに水飲みに行くのか、リスが二匹裏庭を横切っていった。

グリーンウッドに住んでいる旧友たちを呼んで、時間をかけて焼いた文江お手製のターキーを皆で頂いた。そして、地下室に作られたカラオケルームで心置きなく皆で歌った。正雄の得意曲『男の純情』は、いつまでも心に響いた。

この歌は一九三八（昭和十一）年公開の日活映画『魂』の主題歌である。正雄にとっては青春時代の一番楽しかったころの思い出の歌である。

男の純情　　歌手・藤山一郎　　作詞・佐藤惣之助　　作曲・古賀政男

男いのちの純情は　燃えてかがやく金の星
夜の都の大空に　曇る涙を誰（たれ）が知ろ
影はやくざにやつれても　訊いてくれるなこの胸を

所詮男のゆく道は　なんで女が知るものか
暗い夜空が明けたなら　若いみどりの朝風に
金もいらなきゃ名もいらぬ　愛の古巣へ帰ろうよ

極寒の地で鶴嘴（つるはし）を振り下ろし道路工事に励みながら口ずさんだであろうこの歌を、凍てついた夜空を見つめながら「都」を「カナダ」に置き換えて歌ったであろうこの歌を、その夜も正雄は朗々と心を込めて歌った。家族と遠く引き離され、ただ黙々と働く日系カナダ人たちの姿を思うと涙なしでは聞けなかった。

正雄は、一九九一（平成三）年に大腸癌が悪化して亡くなった。紗季たちが送ったビデオを何度も繰り返し見ていたらしい。文江は正雄の骨壺を身近に置いて朝晩見守っていた。

「あんないい人はいなかったよ。私が亡くなったら一緒にお墓に入れてもらうのよ」

二つの骨壺を合わすとハートの形になるように作られていた。

リビングの壁には、二人が元気な時に撮った写真が大きく引き伸ばされて飾ってあった。

＊＊＊

紗季と晃司は文江の誕生日に間に合うように、予定通りカナダへ飛んだ。久しぶりのカナダだ。純子とシュガーの迎えを受けてシュガーたちの家に泊めてもらった。

四月八日、いよいよ林のお母さんとのお別れの時が来た。元気だったら、皆で誕生祝いの日になるはずだった。文江を納めた柩が運ばれた。いつものようにビッグママの威厳を込めて安らかに眠っている。

暖かい春の日に文江は、ジュデイとジュデイの長男の嫁康代とドライブして、日本食レストランで大好きなお寿司や天ぷらを食べながら突然逝ってしまった。心臓が悪く何度か発作を繰り返しては危険な目を乗り越えてきた。康代は咄嗟に文江の口から食べ物を掻き出して心臓マッサージをしようとした。すぐに駆け付けた同じレストランに居合わせた医者に文江の年齢を聞かれ、九十六歳という年齢と心臓が悪いことを言うと、

「このまま静かに逝かせてあげなさい」

と言われ、マッサージの手を止めた。ジュデイは呆然とその場に座り込んでしまい、

「マム」
と言って泣きながら文江を抱きしめることしかできなかった。青空をバックに三分咲きの桜が春風に静かに揺れていた。文江は幸せそうな満足した顔をしていた。

文江の訃報はすぐに世界中を駆け巡った。各地に散らばっている子や孫、ひ孫たちが今日は集まっている。

「お母さん、もっと早く来られなくてごめんなさい。これでやっとお父さんに会えますね。お父さんにどうぞよろしくお伝えくださいね」

紗季は九年ぶりに会う文江の顔を撫でて、涙を流しながらそっと呟いた。

カナダの最近のトレンドなのか、柩にそれぞれが思いのたけをサインペンで書き込んだ。ひ孫のケイコは文江の似顔絵をそっくりに描いた。日本から嫁いできた康代は、柩に「天国行き」と大きく書いて、思わず皆の笑いを誘った。紗季たちも一筆書き添えた。

『「日々是好日」安らかにお眠りください』　晃司

『お母さんあなたの愛は大きくて地球を丸ごと包んでしまう』　紗季

最愛の母親を最後まで看取りそして見送りを終え、今にも倒れそうなジュデイを支えて帰宅した。

ジュデイの夫ケイヤはすでに亡くなっている。続いてパティシーの夫ケンも亡くなった。夫を失くした二人は今一緒に暮らしている。懐かしいカラオケのビデオを見ながら、ありし日を偲んだ。若かったあの頃、全員が笑顔で歌っている。

翌日ジュデイたち家族と春の遅咲きの桜並木を眺め、懐かしいフレーザー川沿いの公園を歩いた。戦争直後は、フレーザー川沿いの湿地帯にずらりと日系カナダ人の家が建っていたのだ。林一家・田畑一家・浜田一家たちが住んでいた辺りは広々とした公園になり、当時を偲べるように、「村上ハウス」が当時の頃のままに再現されている。

鮭がほとんど獲れなくなり、缶詰工場は閉鎖された。今では、ジョージア湾缶詰工場が一九九四（平成六）年に国定史跡に指定されて博物館のようになっている。中に入ると、活気にあふれた当時の工場の様子を見学できるようになっている。造船施設もそのまま残されて、中を見学できる。

スティーブストンの漁師町は、フレーザー川の波止場に面してレストランや土産物屋がずらりと並び、スティーブストン・ハーバーという名の美しい観光地として生まれ変わった。波止場にあるフイッシャーマンズ・ワーフでは、横付けされた船から直接新鮮なエビや蟹、鮭を買うことができる。自分の箱庭のように毎日歩いている多くの人たちにとって、スティーブストンは大切な憩いの場所である。

七月一日のカナダデーには、サーモンフェスティバルが開かれ、朝からパレードがあり、夜の花火まで町を挙げてのお祭りになる。

公園で皆集まって記念撮影をした。サングラスが必要なほど春の日差しが降り注ぎ、とても眩しかった。

「林のお父さん、お母さん、見えますか。二人が残した家族は皆それぞれの人生を元気に生きていますよ、これからもずっと皆さんを見守っていてくださいね」

カナダの春風に吹かれながら雲一つない青空を見上げて、紗季はそっと呟いた。

リッチモンド市には、移民当初に活躍した日系人の名前があちこちに残されている。

一九八九（平成元）年に和歌山県人会が造園し、リッチモンド市に寄贈した「工野庭園」、一九九〇（平成二）年開校の「ホンマ・トメキチ小学校」、一九二七年「スティーブストン農産会社」を設立し、農業の発展に寄与した吉田慎也の名を取って「ヨシダコート」、そして林ファミリーの名前である「ハヤシコート」などがある。

また、一九一一（明治四十四）年に設立した「スティーブストン日本語学校」は今でも活動を続け、日系人だけではなく、広く希望者に日本語を教えている。

二〇二〇（令和二）年夏、スティーブストンが、メイン・バンクーバーの中で一番住みやすい町として、一九二の町の中からベストワンに選ばれた。シュガーと純子はその際、ラジオ番組から町の紹介を兼ねてインタビューを受けた。そして、シュガーはスティーブストンの漁業発展に尽くしたパイオニアの一人として紹介された。

現在日系人の漁師は、十四、五人に激減している。現役の日系カナダ人の漁師として、シュガーは最年長になっている。鮭を下ろす仕事の指導や手伝いなどをして、後進者の育成にも日々励んでいる。また暇なときは、フレーザー川の河口に蟹篭を仕掛けて蟹漁に出掛ける。河岸の島に巨大なトドがひしめいている。それを横目に見ながら河口に着くと仕掛けた篭を引き揚げる。小さいものは獲ってはいけないのでサイズを測っては海に帰す。ここで獲れた蟹は絶品である。

赤く湯がいた蟹をうまいうまいと言いながら皆で食べた。

その年の秋に二年ぶりにフレーザー川のサーモン漁が解禁になった。

「もうこれが最後かもしれない」

この間挫いた足を少し引きずりながら、シュガーは息子と一緒に乗り慣れたマジック・メーカー号（Magic maker）で沖へ向かった。一人三四五匹までという漁獲制限があった。しかし、ベテランのシュガーでも二五〇匹くらいしか獲れなかった。ほかの漁師たちは制限数の半分も獲れなかった。あれだけ多くの漁師で賑わい、真っ赤に群れをなしてフレーザー川を遡ってきた鮭は、もうほとんどいなくなったのだ。

バンクーバー島のナナイモが翌週解禁になるらしい。でも、シュガーは、

「寒いし一人では行きたくない」

と少し寂しそうに笑った。シュガーは八十五歳、体力の限界を感じ始めたのかもしれない。純子はシュガーが獲ってきたサーモンで、たくさんさつま揚げを作って冷凍した。

カナダの東海岸のマダラ漁は、一九六〇年代の年間八〇トンをピークに次第に衰退し、一九九二年にはとうとう禁漁になり四万人が失業した。西海岸のサーモン漁も枯渇しないように制限をかけながら、細々と続けていくしかないのだ。

シュガーはこまめに植木の剪定や草取りなどをして庭の手入れに余念がない。道路に面した前庭には日本庭園のように小さな築山を作り、松の木などを植えた。春にはつつじや石楠花の花が赤や白に咲いて彩りを添える。時々通りかかった人たちが、

「この町で一番美しい庭だ」

と言ってスマートフォンで写真を撮って行く。

五年ほど前に、隣に建てられた豪邸を上海出身の中国人が買って、まだ若い息子が一人で住んでいる。親は本国で建築業に忙しく、若者はビジネス学校で学んでいる。純子たちの住んでいる家を売る時には真っ先に声を掛けてくれと言われている。他の親族を呼んで、一族で住みたいようだ。

一九九七（平成九）年七月のイギリスから中華人民共和国への香港返還を前に、一九九〇年代初期より香港・台湾・中国からカナダへの移民が急増した。現在リッチモンド市民の半数以上が中華系になった。日本・フィリピン・南アジアなどを含めると七〇％以上がアジア系人種で白人は少なくなった。風水的に良い場所らしく移民して来る人が多い。レストラン街や、スーパー・銀行などの看板も中国語で書かれたところが多くなった。カジノも何か所か建てられて、地元の人だけではなく中国からの観光客などで賑わっている。

小学校を飛び級するほど頭の良かったシュガーの長男は公認会計士になり、シュガー宅の近くに住んでいる。長女はアメリカ人のパイロットと結婚しシアトルに住んでいる。アメリカ国籍を取得するために、いろんな面接を受けようやく無事に取得できた。

純子からメールが届いた。

「最近ふっとした時に『朝日とともに』という歌がよみがえってきて歌うのだけど、歌詞が全部出てこないの。

朝日とともに起き出でて　仰ぐ遥かな桜島……

姉たちに聞いても誰も覚えていないの。知っていたら教えてください」

紗季が調べると、戦後の荒廃した町に育つ子供たちのために、希望を持って前向きに生きようと募集された鹿児島市の歌だった。一九五一（昭和二十六）年の古い市報に掲載されていた。

朝日とともに（作詞・木下潤　作曲・浜畑義明）

一

朝日とともに起き出でて
仰ぐはるかな　桜島
けむりか雲か　ほのぼのと
　わたくしたちのぼくたちの
希望を空が　呼んでいる

二

理想も高く　城山の
くすの梢に　こだまして
正しく伸びよ　学べよと
　わたくしたちのぼくたちの
わが校庭の　鐘は鳴る

三

錦江湾の　さざ波に
甲突川の　せせらぎに
こころをみがき身をきたえ
　わたくしたちはぼくたちは
みどりの風に　今歌う

四

はげましあつて　友よ友
行こよ明るく　腕くんで
平和に育つ　日本の
　わたくしたちのぼくたちの
足なみ強く　すすむのだ

カナダに渡って来る直前に学校で習ったものらしい。純子にメールで古い市報を送るととても喜んだ。純子がこの歌を口遊(くちずさ)みながら、また桜島を眺められる日が来るのだろうか。

純子の家のリビングの窓から道路の向こう側の大きなメイプルツリーが、真っ赤に紅葉しているのが見える。冬になれば葉っぱが全部落ちて枯れ枝に雪が降り積もる。それもまた見応えのある光景だ。

カナダの秋の風は冷たい。紅葉したメイプルリーフがはらりと舞い落ち道路の端にいっぱい積もる。クリスマスには競うように家や前庭にイルミネーションが輝き、あちこちの家を見学するのが楽しみだった。

それぞれが人生を振り返り懐かしみ、白秋から玄冬へと静かに余生を過ごしている。

エピローグ

二〇二一（令和三）年夏。世界各地で火山が活発化し、豪雨による洪水やハリケーンなどで、津波に襲われたような大きな被害が出ている。死者も多数出ている。

北米では雨が少なく熱波に見舞われた。BC州の内陸部にあるリットンという町は地表面温度が四九・六度に達し、山火事が発生し町の九割が焼失した。あまりの暑さに北米のあちこちで山火事が発生している。

夏でもクールな風が吹いていたカナダにも異常気象の波が訪れている。リッチモンドもエアコンなしでは過ごせないほどの熱風が吹き、熱中症などで命を落とした人もいた。

世界中のコロナ感染者は二億人を超えた。ワクチン接種が進んでもなかなか終息の見通しが立たない。アルファ、ベータ、ガンマ、デルタ、ラムダ、ミュー、オミクロン株と次々に変異していくコロナウイルス。東京は四度目の緊急事態宣言を出した。ワクチン接種反対論もあり、日本のワクチン接種は遅々として進まない。夏休みに入り人の動きが活発化し加速度的に若者を中心に感染者が増え続けている。

そんな緊迫した中、七月二十三日に大きな懸念を抱きながら無観客で一年遅れて東京オリンピックが開幕。観客のいない会場に各国選手団がそれぞれの国旗を掲げて登場し、華々しく花火が上がった。

七月二十日には、アマゾンの創業者ジェフ・ベゾスが立ち上げた宇宙企業「ブルーオリジン」が、初の宇宙旅行のロケット「ニューシェパード」を打ちあげた。ジェフとその弟マーク・ベゾス、八十二歳の女性ウォーリー・ファンク、十八歳のオリヴァー・デーメンが初の搭乗者だった。三十億円とも言われる旅費を払い、十分間のサブオービタル（準軌道）を回ってロケットは無事に帰還した。一般人が行ける宇宙旅行の幕開けだ。しかし、ロケット打ち上げの際に生じる莫大なCO_2の排出量（六人乗りの場合、一人当たり四・五トン排出する）、オゾン層への影響など大きな問題を抱えている。これから活発化する宇宙観光。英富豪リチャード・ブランソンが創業したヴァージン・ギャラクティック宇宙旅行会社は、年間四〇〇回ロケットを飛ばす予定である。コロナ禍で職を失い食べるものも無い人が増える中、アメリカ、ロシア、中国、英国は、巨大な金を投資して宇宙にロケットを飛ばしている。制空権を巡って宇宙での闘いの火蓋がもう切られているのだ。

二〇二二（令和四）年、ウクライナではロシアとの間に紛争が始まった。容赦ないロシアの攻撃。逃げ惑う人たち。世界の各地にウクライナの避難民たちは散らばっていった。

そして人の動きとともに、世界のコロナ感染者は六億人を超え、六〇〇万人以上亡くなっている。日本はワクチン接種が進んだが二〇二三（令和五）年三月には、コロナ感染者三三〇〇万人、死者は七万人を超えた。まだまだ世界はコロナのパンデミックに晒されている。

陸も海も空も人も大きな嵐に巻き込まれ、人類が住める奇跡のような青く美しい星である地球は、今試練に見舞われている。

あとがき

この本を書くにあたって、いろいろと調べてわかったことは、日系カナダ人たちがどんなに多くの困難を乗り越えて今の地位を築いていったか、子孫に誇れるものを残していったかということです。

日系一世、二世の方々の、気の遠くなるような苦労や忍耐があったからこそ、カナダ大陸鉄道や高速道路が完成しました。そしてＢＣ州の開拓は進み、漁業や林業・農業が発展したのです。危険と隣り合わせの極寒の地で、安い賃金で文句も言わずに黙々と働いた日系人たち。彼らの地道な努力や苦労を忘却の彼方に追いやることなく、後世の人に伝えていかなくてはと思いペンを執りました。

第二次世界大戦前後、日本とカナダに何年もの長い間生き別れになった家族も多く、いつか会える日が来るのだろうかという思いに打ちのめされそうになったことでしょう。戦争に巻き込まれ、そして引き裂かれ、悲しい辛い人生を生きなければならなかった彼らの心に、少しでも近づき寄り添えたらという気持ちでいっぱいです。

週に一回集まっての俳句会は、勉強になりとても楽しいひと時でした。いろんな話で盛り上がり、日系カナダ人の生活の一端をより深く知ることができました。彼らにとっては日本から来た純粋な日本人と話すことで日本語の勉強にもなり、日本の若者と接することが嬉しいようでした。

コロナ禍でカナダへの渡航もできずにいろんな方々に直接会って当時の話を聞くつもりでしたが、なかなか思うようにいきませんでした。カナダの姉と慕う純子よりいろんな資料や、本の紹介、手記などを送ってもらい、より一層具体的なことがわかり話を深めることができました。純子の友人アイナ（久美子）さんから、当時の苦労話を書かれたお父様の手記をいただきました。そして筆者の髙﨑幸則さんは、私たちの旧知の仲であったピートさんでした。幸則さんの手記を読みながら、熱い思いが込み上げて涙がこぼれてしようがありませんでした。その貴重な手記は原文のまま抜粋させていただきました。

すでに亡くなられた懐かしい人々に心からの感謝と哀悼の意を表します。

そしてもっと本当の平和を希求し、差別のない平等な世界になって欲しいものです。

コロナが一日も早く終息し、家族や友人にまた自由に再会できる日が来ますように。

二〇二三年　夏　　森園初音

参考資料

知覧特攻平和会館

知覧特攻平和会館ＴＯＰページ（令和５年３月27日現在）

万世特攻平和祈念館

【２０２１年４月リニューアルオープン】南さつま市観光協会（令和５年３月27日現在）

九九式襲撃機

九九式襲撃機とは［単語記事］－ニコニコ大百科（令和５年３月27日現在）

皇紀

皇紀対応表（令和５年３月27日現在）

清水磨崖仏

鹿児島県観光サイト かごしまの旅（令和５年３月27日現在）

天然痘などの伝染病、侵略戦争により亡くなったアメリカ大陸先住民
アメリカの先住民／インディオ（令和5年3月27日現在）

からゆきさん
からゆきさんと女衒の歴史　JBpress（ジェイビープレス）（令和5年3月27日現在）

工野儀兵衛
和歌山県文化情報アーカイブ（令和5年3月27日現在）

第一次世界大戦
第一次世界大戦の総括② 大量殺戮の実態（令和5年3月27日現在）

日系カナダ人の歴史・ロジャーズ・パス雪崩事故
日系カナダ人の歴史 − NAJC（JC-history-intro-Japanese_v4.pdf）（令和5年3月27日現在）

鹿児島からのカナダ移民　河原典史

立命館大学研究活動報　研究・産学官連携（令和5年3月27日現在）

指宿・加世田からの移民　河原典史

kawahara.pdf（令和5年3月27日現在）

カナダ缶詰工場

ジョージア湾の缶詰工場（令和5年3月27日現在）

『密航船水安丸』（新田次郎著　講談社文庫　一八九二年）

東京大空襲

東京大空襲とは - 東京大空襲・戦災資料センター（令和5年3月27日現在）

大阪空襲

第1回大阪大空襲（令和5年3月27日現在）

鹿児島大空襲

総務省　鹿児島市における戦災の状況（令和5年3月27日現在）

広島・長崎原爆
快晴の朝がたちまち地獄に……リトルボーイとファットマンの投下から75年　ＢＢＣニュース（令和５年３月27日現在）
先住民と日系カナダ人　ウラン鉱石　田中裕介（令和５年３月27日現在）

黄禍論
黄禍論とは？　コトバンク（令和５年３月27日現在）

日系カナダ人に対するカナダ政府の補償問題解決
Japanese_Canaidans_Redress_Movement_A_Review_of_Negotiations_between_the_National_Association_of_Japanese_CanadiansNAJCand-the-Government-of-Canada.pdf（令和５年３月27日現在）

〈著者紹介〉
森園初音（もりぞの はつね）
鹿児島県出身。鹿児島県立短期大学文科国文専攻卒。夫の赴任に伴い、フィリピン・カナダなど７カ国に住む。
著書に『ふるさとの風』（朝鮮で終戦を迎え悲惨な抑留生活を乗り越えて引き揚げてきた家族の姿を描く）

カナダの風（かぜ）

2023年7月10日　第1刷発行

著　者　　森園初音
発行人　　久保田貴幸

発行元　　株式会社 幻冬舎メディアコンサルティング
〒151-0051　東京都渋谷区千駄ヶ谷4-9-7
電話　03-5411-6440（編集）

発売元　　株式会社 幻冬舎
〒151-0051　東京都渋谷区千駄ヶ谷4-9-7
電話　03-5411-6222（営業）

印刷・製本　中央精版印刷株式会社
装　丁　　弓田和則
装　画　　飯野瑠奈

検印廃止

ISBN 978-4-344-94558-6 C0095
幻冬舎メディアコンサルティングＨＰ
https://www.gentosha-mc.com/